Philippe Djian

Double Nelson

roman

Flammarion

ISBN : 978-2-0814-7332-4

Double Nelson

Du même auteur

Romans

Bleu comme l'enfer, B.F.B., 1982 ; J'ai lu n° 1971.
Zone érogène, Bernard Barrault, 1984 ; J'ai lu n° 2062.
37°2 le matin, Bernard Barrault, 1985 ; J'ai lu n° 1951.
Maudit manège, Bernard Barrault, 1986 ; J'ai lu n° 2167.
Échine, Bernard Barrault, 1988 ; J'ai lu n° 2658.
Lent dehors, Bernard Barrault, 1991 ; Folio n° 2437.
Sotos, Gallimard, 1993 ; Folio n° 2708.
Assassins, Gallimard, 1994 ; Folio n° 2845.
Criminels, Gallimard, 1997 ; Folio n° 3135.
Sainte-Bob, Gallimard, 1998 ; Folio n° 3324.
Vers chez les blancs, Gallimard, 2000 ; Folio n° 3574.
Ça, c'est un baiser, Gallimard, 2002 ; Folio n° 4027.
Frictions, Gallimard, 2003 ; Folio n° 4178.
Impuretés, Gallimard, 2005 ; Folio n° 4400.
Doggy Bag, Julliard, 2005-2008.
Impardonnables, Gallimard, 2009 ; Folio n° 5075.
Incidences, Gallimard, 2010 ; Folio n° 5303.
Vengeances, Gallimard, 2011 ; Folio n° 5490.
« Oh… », Gallimard, 2012 ; Folio n° 5704.
Love song, Gallimard, 2013 ; Folio n° 5911.
Chéri-Chéri, Gallimard, 2014 ; Folio n° 6098.
Dispersez-vous, ralliez-vous !, Gallimard, 2016 ; Folio n° 6293.
Marlène, Gallimard, 2017 ; Folio n° 6537.
À l'aube, Gallimard, 2018 ; Folio n° 6671.
Les Inéquitables, Gallimard, 2019.
2030, Flammarion, 2020.

(suite en fin d'ouvrage)

Il savait bien

Il savait bien que ça allait se passer de cette manière. Qu'il était allé trop loin. Edith le rejoignit sur la promenade qui longeait l'embouchure du fleuve. Il y avait du vent, un ciel gris-violet de fin d'été. Il plissait les yeux car ses cheveux lui cinglaient le visage. De sorte que la gifle qu'elle lui administra ne changea pas grand-chose à ce qu'il ressentait. Elle pouvait bien lui en donner une deuxième pour le même prix. Il n'avait pas l'intention de bouger. Sa joue était chaude. Son oreille sifflait.

Elle décida qu'elle allait lui en coller une autre.

Ils en étaient arrivés là.

C'était déjà difficile d'écrire un roman. D'ailleurs, avant de rencontrer Edith, il n'avait rien écrit de bon depuis des mois. Sa vie était partie en vrille, une véritable patinoire, comme d'habitude, au terme d'une énième rupture dont le souvenir s'estompait à peine. Il ne parvenait plus à se concentrer sur son travail, parfois quelques phrases lui venaient, puis son esprit s'échappait et l'entraînait dans une forêt profonde où il ne manquait pas de se perdre. Il rentrait les poches vides. En haillons. Il ne restait plus rien.

Bref, le pays sortait d'une longue période froide et brumeuse. Aux premiers jours de janvier, le soleil s'était remis à briller, l'air sentait déjà bon – des monticules de neige glacée, noircie, encombraient encore les trottoirs et ce maudit roman semblait consentir à reprendre sa route.

Luc menait de nouveau une vie sans heurts, à ce moment-là. Il vivait seul et ne fréquentait pas les sites de rencontres. Il se dégourdissait les jambes dans le jardin lorsque Edith lui était tombée dessus à bras raccourcis, comme un diable surgissant de sa boîte. Leur histoire avait ainsi débuté.

Certes, ils avaient d'emblée partagé quelques mois passionnés, intensément sexuels et sans nuages, mais les fondations s'étaient bientôt fissurées. Avant que tout ne s'effondre. Bien entendu, le roman était une fois de plus en berne – on aurait dit une dépouille jetée au fond d'un puits, il en était malade. D'être à ce point obnubilé par Edith – il aurait dû se méfier depuis le début.

Elle avait fondu sur lui à pieds joints et sous le choc l'avait flanqué par terre alors qu'il était arrêté et prêtait l'oreille à un bruit d'hélicoptère qui stationnait au-dessus des bois. Et avant qu'il n'ait eu le temps de dire ouf, elle était à cheval sur lui et le bâillonnait dans la foulée au moyen de ruban adhésif. Il avait tâché de la faire basculer mais elle lui avait envoyé son coude en pleine figure et profité de l'avoir sonné pour lui lier les poignets avec un Serflex.

Il y repensait parfois avec un sourire attendri.

Elle s'était relevée et parlait dans un microphone fixé au revers de son treillis cependant qu'il grognait, se tortillait sur le sol et cherchait à la déséquilibrer, mais elle esquivait et lui écrasait la figure sous une semelle crottée de ses rangers. Comme il ruait malgré tout dans les brancards, elle avait grimacé et lui avait envoyé un méchant crochet au menton. Elle semblait très énervée. Dans son micro, elle les traitait de connards, d'une voix sifflante. Il ne comprenait rien à ce qui se passait. Elle l'avait presque mis KO. Mais déjà, il était ensorcelé.

Elle lui avait rendu visite le lendemain pour s'excuser. Il s'était plus ou moins entiché d'elle sur-le-champ, au premier regard qu'ils avaient échangé. Elle l'avait bien amoché. Il tenait une poche de glace contre sa joue, son œil droit était à demi fermé et il portait une minerve. Il la fit entrer et retourna à son fauteuil sans attendre. Il y avait une chance sur un million pour tomber sur une femme qui éliminait toutes les autres. Et il fallait que ça lui arrive.

Il s'agissait d'une erreur. Elle en frémissait encore de dépit. Ils s'étaient trompés de maison. De cible. À cause d'un bug. Elle ne pouvait en dire plus. Elle avait abandonné son treillis pour une tenue de mi-saison aux couleurs claires. Elle avait défait ses cheveux. Elle était désolée.

Ça paraît dingue, n'est-ce pas, avait-elle ajouté en souriant.

Il leur avait fallu

Il leur avait fallu quelques mois avant de s'apercevoir que leur affaire ne tournait pas très rond et l'été se transforma en fournaise, le torchon brûla et Luc ne parvint plus à penser à autre chose, il ne voulait pas la perdre mais la douleur que lui procurait cette seule pensée n'était pas sans intérêt. Ils multiplièrent les désaccords, les malentendus, les scandales dans les restaurants dès qu'ils avaient un peu bu. Les insultes.

Et un matin, alors qu'elle avait passé la soirée de la veille à flirter sous son nez avec le patron de la boîte – quoi qu'elle en disait –, il avait fourré ses affaires dans un sac et il était rentré chez lui après avoir collé un Post-it sur le miroir de la salle de bains pour informer Edith qu'il la quittait.

Elle n'avait pas apprécié le Post-it. Le vent soufflait et elle venait de lui asséner une sacrée gifle. Leur liaison avait viré à l'aigre mais il était resté face à elle, sans dire un mot, en souvenir des bons moments qu'ils avaient passés ensemble. Il commençait déjà à la regretter. Elle avait eu raison de le frapper. Il aurait d'ailleurs pu lui rendre la pareille, lui envoyer quelques bonnes gifles pour y avoir mis du sien à tout foutre en l'air. Ils méritaient d'être punis tous les deux pour ce qu'ils avaient proprement piétiné.

Il rangea le garage en rentrant. Edith l'avait encombré de son matériel et on ne pouvait plus rien y mettre. Il passa l'après-midi à monter des étagères métalliques pour y déposer son attirail, son tapis de course, son rameur, ses ballons, ses haltères et autres, et surtout le sac de frappe suspendu au beau milieu, autour duquel elle tournait avant de le cogner sans prévenir, le plus méchamment possible, lui décochant une série qui aurait mis un homme de cent kilos à genoux. Certains matins, quand il se levait à l'aube pour travailler, pour être tranquille, pour fixer toute son attention sur cette pourriture de roman en cours et afin de se laisser baigner par le silence, par l'éveil de la nature engourdie, etc., il entendait soudain l'impact des gants sur le sac et il savait qu'ensuite ce serait le grincement du rameur et pire encore que tout lorsqu'elle se mettrait à cavaler sur son tapis F75 haut de gamme comme s'il y avait le feu. De sorte que, bien entendu, son humeur s'en ressentait et il tâchait de surmonter sa contrariété, mais quelquefois il en avait marre.

Et pour dire la vérité, il n'aimait pas son côté militaire, son besoin de commander, même quand ils baisaient. Souvent c'était comme une lutte, lequel finirait par grimper sur l'autre, mais dans ce cas précis les choses lui convenaient. Ils avaient enlevé les pieds du lit pour ne pas tomber de trop haut. Il les remit.

Le soir s'annonçait quand un camion de déménagement s'arrêta devant la maison en face de la sienne, de l'autre côté de la route qui desservait le lotissement. Edith lui avait administré une telle gifle quelques heures plus tôt que son oreille sifflait encore un peu. Il observa un instant ce qui se passait à travers le hublot de la porte. Un break venait de se garer derrière le camion pendant que des types déverrouillaient les portes et actionnaient le plateau élévateur. Deux personnes sortirent de la Volvo. Un type et un gamin. Il n'était pas écrivain pour rien, il imaginait déjà différents scénarios tordus, improbables, sinistres. Il ne les avait pas bien vus à cause de la pénombre. Il trouvait un peu bizarre de déménager à la tombée du soir mais les gens étaient timbrés pour la plupart, de sorte qu'il ne s'en émut pas davantage, éteignit la lumière et regagna son salon en pensant que la journée avait été rude, il ne s'était pas menti.

Le lendemain matin, dès l'aube, il s'installa à son bureau pour écrire et il attendit en vain. Qu'elle commence. Qu'elle envoie dans le sac quelques directs d'échauffement, pof, pof-pof, pof. Il gardait les mains au-dessus du clavier et rien ne venait.

Agacé, il pivota sur son siège à roulettes. La vie de célibataire qui lui tendait les bras une fois de plus ne manquait pas d'attraits mais elle ne comblait pas tout. Il faisait à peine jour lorsqu'il descendit de sa chambre pour faire un peu de repassage ou quoi que ce soit d'autre du moment qu'il ne restait pas bloqué sur une contrariété – et l'absence d'Edith, déjà, était partout.

Il savait qu'il devrait serrer les dents durant quelque temps. Il resta dans l'ombre en pénétrant dans la cuisine. Il avait une vue imprenable sur la maison d'en face. L'aurore était encore timide, aucune lumière ne brillait alentour en dehors des fenêtres des nouveaux arrivants. Derrière lesquelles circulaient des silhouettes sombres au rez-de-chaussée. Le camion avait disparu.

Le jour se leva lentement. Il s'apprêtait à tirer le store pour s'isoler de ceux d'en face, mais il se ravisa, il trouva que c'était inamical, à tout le moins impoli. Autant se montrer sous un bon jour.

Il n'allait pas leur adresser un signe de bienvenue, il n'irait pas jusque-là, d'autant qu'il était de nouveau accaparé par le complet silence qui régnait autour de lui, il avait perdu l'habitude d'être seul. Il fit la grimace. Il ne savait pas encore comment réagirait le roman, c'était mal parti, il allait devoir trouver le moyen de reposer ses doigts sur le clavier et accepter de souffrir. Les conditions étaient réunies pour que l'affaire tourne au fiasco. Il en était aux deux tiers mais la fin lui paraissait encore si lointaine qu'il faillit vomir. Pour certains, quitter une femme était comme arrêter l'héroïne, la descente était raide.

Il remonta dans sa chambre, rouvrit son ordinateur portable et resta assis, paralysé, jusqu'aux alentours de midi devant l'écran éteint, et aucun signe de vie de cette ordure de roman qui restait bloqué sur une phrase comme une voiture qui aurait embouti un arbre. Pas le moindre tressaillement.

On sonna à sa porte. Les chaînes tombèrent à ses pieds. Tout était bon parfois pour s'échapper sans donner l'impression qu'on fuyait. Il quitta son bureau sans attendre, la conscience presque tranquille, et il descendit aux nouvelles.

Je suis votre nouveau voisin, lui annonça le gars qui se tenait derrière la porte en survêtement. Je venais voir si vous n'auriez pas un marteau à me prêter.

Ça devint une habitude

Ça devint une habitude, ces emprunts d'outillage. Le gars s'appelait Marc Ozendal et il était plutôt sympathique. Il rendait les outils propres et nettoyés à la fin de la journée. L'occasion de se croiser, d'échanger trois mots, de parler du temps. Mais très vite, chacun s'aperçut que l'autre était logé à la même enseigne, que des histoires de femmes étaient là-dessous, et ils se détendirent, Marc sortait d'une rupture brutale et Luc avait rompu avec Edith. Ils savaient de quoi ils parlaient.

L'été commençait à prendre des couleurs d'automne. Il faisait encore bon vivre dehors et ils étaient là, tous les deux, assis dans le jardin avec le gosse, Paul, qui tournait sur son vélo autour du rond-point, et une bière légère à la main, l'air était doux, le soleil cliquetait dans les feuilles rouges, ils ne s'étaient pas dit un mot depuis deux minutes et profitaient de ce calme en observant le couchant.

Parfois je me demande si j'ai bien fait, déclara Luc sans prévenir ni même tourner la tête. Je commence à oublier ses mauvais côtés.

Moi pareil, répondit Marc derrière ses lunettes de soleil. Alors que je l'aurais étranglée, par moments. Bon, je sais que j'ai pas le droit de dire ça, mais.

Non, coupa Luc, tu en as tout à fait le droit. Ne te gêne pas. Elles ne prennent pas de gants avec nous, ne l'oublions pas.

Je ne risque pas d'oublier. Elle finira bien par nous remettre la main dessus. Son avocat est une ordure. J'hésite à inscrire Paul sous un faux nom à l'école, mais je me dis que c'est reculer pour mieux sauter. Elle lâchera pas le gamin.

Ça, souvent elles nous tiennent, d'une manière ou d'une autre. Au point que les pires moments s'estompent, c'est malheureux à dire. Bientôt on ne verra plus que leurs qualités.

Marc sortit une photo de son portefeuille et la tendit à Luc.

Je te présente Iris, soupira-t-il. On dirait un ange, n'est-ce pas. C'est ce que j'ai cru. Elle cachait bien son jeu. Par moments, je me demandais si elle n'avait pas mangé du chien enragé, je plaisante pas.

Tu as entendu parler des forces spéciales, demanda Luc en plissant les yeux dans la lumière ambrée qui frémissait au-dessus des arbres. Edith a été la première femme à les intégrer, du jamais-vu. Un mental d'acier, une résistance à toute épreuve. Les balèzes qui s'entraînaient avec elle n'en croyaient pas leurs yeux. Elle a commencé par me sauter dessus à pieds joints lorsque nous nous sommes rencontrés. Elle est tombée du ciel. Je me suis retrouvé à l'hôpital. J'aurais dû me méfier, je sais, mais bon, tu sais comment ça marche. Bien sûr que tu le sais. On a ça au fond des tripes, mon vieux. On est marqués.

En dehors de ça, reprit Marc, quand elle prenait ses calmants, tu te serais damné pour elle. Oui, elle rentrait ses griffes, oh oui. Mais ça ne durait pas longtemps. Si je voulais la prendre dans mes bras, je devais me dépêcher.

On peut ruser de temps en temps, mais ça devient lassant, acquiesça Luc. Je ne me souviens pas d'un seul jour, vers la fin, où Edith n'a pas été furieuse contre moi.

Il resta un instant dubitatif. Quand elles veulent, reprit-il, elles trouvent toujours quelque chose. C'est rarement la bonne raison.

Quelques lumières commencèrent à briller aux fenêtres autour d'eux – deux trois familles, des femmes seules avec des enfants, des vieux –

lorsqu'ils se séparèrent. Marc embarqua Paul et son vélo sous le bras, traversa la route pour remonter chez lui cependant que Luc hésitait à se remettre à son roman. Ce n'était pas écrire dont il avait envie pour le moment. Bien entendu, le sexe à domicile lui manquait déjà mais ce n'était pas tout. Il semblait qu'elle avait gardé une part de lui, qu'il n'était plus entier, et écrire un roman quand on n'est plus entier, ça devient super coton. Il valait mieux en rire. Il n'avait que la quarantaine – bien tassée –, mais il se releva des marches du perron comme un vieillard et retourna à l'intérieur. Écrire était mauvais pour la circulation. Quand elle était bien lunée et qu'il était aimable, Edith lui prodiguait de longs massages, parfois virils mais très efficaces au bout du compte, ou d'autres manipulations beaucoup plus tendres, ingénieuses, mais très efficaces aussi. De quoi tenir durant des heures ensuite, rechargé à mort étonnamment, l'esprit vif, de quoi aligner quelques phrases sur lesquelles on ne reviendrait plus. C'était comme de lever une armée, la sentir grossir dans son dos.

Il sortit un paquet de pâtes surgelées et l'enfourna au micro-ondes. Il songeait à regarder un truc sans intérêt avant de se mettre au travail, quand la nuit serait franchement tombée et que le décor serait emporté. Plus c'était insipide, mieux c'était. Le cerveau se mettait en veille, les tensions se relâchaient, le roman palpitait au loin. Il suffisait de couper le son.

Il regrettait de ne pas avoir un travail de bureau qu'il pourrait quitter à heures fixes. Fermer la boutique après avoir fait ses huit heures. Mais le piège s'était refermé sur lui. Écrire avait foutu sa vie en l'air. C'était la seule raison pour laquelle il continuait de noircir des pages. Pour ne pas s'avouer vaincu.

Edith n'avait plus donné de ses nouvelles pendant trois semaines après cette méchante gifle qu'elle lui avait flanquée et qu'il ruminait jour après jour.

Il payait cher la décision qu'il avait prise. Mettre fin. Certes, Edith avait un côté rigide pas toujours très facile à vivre, mais il ne détestait pas ça, il s'en serait facilement accommodé. Sauf que ce n'était pas le but. Flanquer le feu aux poudres était le but. Rechercher la tension. Cela ne servait plus à rien d'en parler à présent. Il avait fait la seule chose qu'il y avait à faire. Il fallait savoir se couper un bras. La douleur était le gage d'être toujours en vie. C'était comme ça, il n'y pouvait rien. Il était conscient du mal qu'il avait fait à ces femmes en les poussant à bout. Provoquer l'orage. Faire tonner la foudre. Larguer Edith au moyen d'un Post-it était la meilleure façon de se la mettre à dos. Ça n'avait pas loupé.

Mais ce foutu roman était sauvé. Une fois de plus. Avant que les braises ne s'éteignent, il fallait réagir. Anticiper, ne pas reculer devant le sacrifice. Il en croisait quelquefois des comme lui, il repérait au premier coup d'œil ceux qui payaient le prix fort, qui se mutilaient, qui offraient leur gorge pour se remettre en selle. Ils se reconnaissaient. Ils préféraient s'éviter. Ils ne semblaient pas très fiers d'eux-mêmes. En tout cas lui ne l'était pas.

Caroline, son éditrice, qui l'observait depuis des années, avait fini par comprendre comment il fonctionnait, quel carburant il utilisait, et elle trouvait ça navrant, déplorable, mais il vendait encore quelques livres, une rareté par les temps qui couraient, et leur amitié était solide. Il n'empêche, elle éprouvait de la pitié pour ces femmes lorsqu'elle y pensait, elle en avait au moins connu trois avec lesquelles il avait rompu au simple motif qu'il n'en pinçait que pour l'épreuve de force. Edith était la quatrième, la dernière en date. Avec Luc, les ruptures s'enchaînaient, les orages éclataient, les incendies brûlaient durant des semaines et des mois, il n'y avait pas d'alternative, ça semblait ne jamais finir, de sorte que Caroline n'évoquait plus guère la question avec lui. Elle fréquentait des écrivains depuis si longtemps qu'elle ne s'étonnait plus de rien. Elle avait parfois l'impression de diriger une clinique psychiatrique. Des murs capitonnés n'auraient pas été superflus.

J'hésite à me faire poser un stérilet, lui déclara-t-elle en fermant la porte de son bureau. Il y a du pour et du contre. Tu ferais quoi, à ma place.

Il se laissa tomber dans un fauteuil. Je n'en sais rien, soupira-t-il. Je ne peux pas imaginer être à ta place, ajouta-t-il en réprimant une grimace, tu te rends compte de ce que tu dis, comment je pourrais te répondre. J'en sais rien. Je n'y connais rien. Je croyais que la plupart des femmes prenaient la pilule, c'est tout ce que je sais.

Moi aussi, bien sûr. Mais c'est ma gynéco. Et Gilbert a peur que ça le blesse.

Mais non, il ne va pas se blesser, fit Luc avec un haussement d'épaules. C'est étudié pour, putain.

Luc, tu m'as l'air bien nerveux de bon matin.

Non. Pas du tout. Mais on ne s'épargne rien, Edith et moi. C'est vraiment pénible. Encore maintenant depuis qu'elle est réapparue pour récupérer ses affaires. Toujours à couteaux tirés. Je ne sais pas comment on s'y prend.

C'est vrai que c'est une énigme, fit Caroline en prenant l'air étonné.

Elle pourrit la moitié de ma journée, reprit-il, je ne peux rien faire d'autre que de penser à elle.

Heureusement qu'il reste l'autre moitié pour écrire. Dans l'ambiance que tu imagines.

Il jeta un coup d'œil pensif sur le bleu du ciel.

Mais bon, reprit-il, rien ne vaut la tension. Pour écrire, j'entends, rien ne vaut ce courant électrique. L'impérieuse nécessité, Caro. J'arrive à m'y mettre chaque jour. C'est un miracle. Alors que toutes les braises ne sont pas encore éteintes. Mais le bouquin avance, les choses vont bien de ce côté-là.

Luc. Je n'en doute pas une seconde. Mais pourquoi ne pas rompre une bonne fois pour toutes. Ce serait plus simple.

Non, rien n'est simple. Tu veux dire trancher tous les liens. Pourquoi pas. Mais non, ça ne marcherait pas. On est encore en pleine lutte. J'allais dire en pleine nuit. Mais le maudit bouquin avance, ne changeons rien. Ne déclenchons pas de nouvelles hostilités.

Elle haussa vaguement les épaules puis l'invita à déjeuner.

Rien n'a changé, sauf qu'on ne couche plus ensemble, déclara Luc en consultant la carte. Je crois que je suis perdant, non, dans l'histoire. En ce moment elle me harcèle à propos d'haltères qui auraient disparu. Mais qu'est-ce que j'en sais moi, je ne suis pas le gardien de son attirail. Elle a fouillé le garage de fond en comble. C'est quand même effrayant, m'a-t-elle balancé, c'est quand même effrayant ce peu de respect que tu as pour mes affaires. Bon, je ne te fais pas de dessin. Elle était au bord de la crise de nerfs.

Mais tu n'en as pas assez parfois, s'étonna Caroline avant d'ajouter qu'elle avait envie d'une pizza à l'ail et d'un verre de vin blanc sec.

Oui, tu as raison, c'est fatigant, répondit Luc. C'est exténuant. Mais c'est une saine fatigue. Comme après un déménagement, quand le soir tombe et qu'on reste assis au milieu des cartons sans bouger, légèrement hébété. Écoute, je vais faire comme toi. Pizza à l'ail.

Ils passèrent un bon moment ensemble, quoi qu'il en soit. Il faisait bon, ils parlèrent de tout et de rien. Ce n'est pas un écrivain qu'il faut à cette femme, finit-il par déclarer tandis qu'ils prenaient leur café. Ça ne pouvait pas coller. On s'est entêtés pour rien. On s'est aveuglés. Edith a besoin de se dépenser. Chaque fois qu'elle rentrait d'une mission elle était enchantée. Qu'est-ce que je pouvais lui apporter de plus. Elle revenait couverte de bleus et je ne pouvais pas la toucher pendant une semaine. Elle a ça dans le sang, Caro, qu'ajouter de plus. Elle a sauté cent fois en parachute et moi pas une seule fois et ça m'étonnerait que ça m'arrive. Ça dit bien ce que ça veut dire.

J'aimais bien Edith. On s'entendait bien, soupira Caroline.

Oui, mais là n'est pas la question. Moi aussi je l'aimais bien. Tout le monde l'aimait bien. Mais c'est fini, c'est terminé. Je ne sais pas sur quel ton je dois le dire, j'ai l'impression que personne ne m'entend. Edith la première. Elle ne se prive pas de m'appeler quand ça ne va pas. Est-ce que moi, est-ce que je l'appelle. Non, je me sers un verre et j'attends que ça passe. Je ne lui demande pas si je peux dormir sur son canapé pour un oui ou pour un non, elle m'a fait le coup une ou deux fois déjà. Elle a débarqué à l'improviste, elle a cogné à ma porte. J'aurais pu être avec quelqu'un, j'ai halluciné. Je lui ai dit eh bien entre, fais comme chez toi, et je suis retourné me coucher. Je te dérange, m'a-t-elle lancé, tu n'es pas seul peut-être. Je n'ai rien répondu, je suis reparti dans ma chambre, j'ai éteint la lumière et j'ai fermé les yeux. Parce que si c'est ça, si c'est ça qu'Edith appelle une séparation, alors on a un problème, je ne sais pas où on va. Mais c'est aussi ma faute, Caro, j'aurais dû partir en voyage, me mettre en mode avion, là elle aurait compris que les mots avaient un sens. J'ai été trop faible. J'aurais dû changer toutes mes serrures.

Mais tu ne l'as pas fait.

Non, mais j'y pense toujours. Quand elle aura compris que nous nous sommes séparés pour de bon, qu'elle ne peut plus m'avoir sous la main en permanence, que ses visites impromptues ne sont plus tolérables, eh bien tout ira mieux.

Ce n'était pas si simple

Ce n'était pas si simple. Il y avait un moment qu'il était sans nouvelles et, quoi qu'il ait pu en dire à Caroline, il commençait à s'inquiéter. Le silence d'Edith devenait assourdissant. Même ses emportements, ses moues, ses rebuffades commençaient à lui manquer.

En général, ce genre d'inconvénient ne durait pas. Sans doute traversait-il une période un peu morose lorsqu'une affaire était pliée, mais il se reprenait vite et quelques jours de vague à l'âme était le maximum qu'il s'autorisait. Cette fois cependant, il s'agissait d'autre chose. En fait de vague à l'âme, il se sentait plutôt nerveux, agacé.

À la fin de la journée, il se retenait de ne pas refermer trop brutalement son portable. Il se contrôlait. Il s'écartait d'un coup de reins de son bureau dans un crissement de fauteuil à roulettes et les jours se succédaient. Quand le soir tombait, il se sentait délivré – au moins de ce maudit roman pour quelques heures – et il faisait encore si bon qu'il descendait dans le jardin pour boire un verre comme s'il devait fuir le piège de cette maison – comme s'il craignait qu'elle ne s'écroule sur sa tête. Il se sentait à cran.

Il se tenait dans le jardin, derrière la maison, à l'endroit même où Edith lui était tombée dessus à bras raccourcis, et ça semblait déjà si loin, se disait-il en affichant un air mi-figue mi-raisin.

C'était quoi, le message qu'elle lui envoyait. Une punition, une fin de non-recevoir, une victoire par K.O., une tentative désespérée, un coup d'essai, comment savoir. S'il y avait une chose dont il était sûr, à propos d'Edith, c'est qu'il ne fallait pas la sous-estimer, ne pas espérer un signe de faiblesse de sa part. À moins qu'elle n'ait sauté sur une mine ou reçu quelque mauvais coup en exfiltrant un diplomate ou en neutralisant une cible, ricana-t-il in petto, il ne comprenait pas à quoi elle jouait.

Et maintenant, à nouveau, silence radio, elle n'avait pas donné le moindre signe de vie après qu'il l'avait eue dans les jambes du matin au soir pour un problème de robinetterie ou la disparition de ses haltères. Et plus rien, du jour au lendemain. Disparition totale. Il avait bien envie d'attraper tout son matériel de sport et de le flanquer sur le trottoir puisque c'était ainsi. Il y en avait encore tout un tas, des cartons entiers, des étuis, des accessoires, des sacs. Quand on s'en approchait, on sentait l'odeur d'Edith. Et c'était un peu beaucoup, vu les circonstances. Il n'avait pas besoin de ça dans son garage. Il hésita un instant puis actionna le rideau métallique qui s'ouvrit sur une pleine lune aveuglante, suspendue à l'horizon comme un lutin surgi des bois.

Il évacua tout le bazar séance tenante, l'entassa dehors avec humeur, fixa une bâche dessus et rentra chez lui en ruminant. De la fenêtre de la cuisine on ne voyait que ça, cet empilement insensé, ce rappel assommant, ce vestige exaspérant. Il envoya aussitôt un message à Edith pour la prier de venir récupérer son matériel. Premier ballon d'essai.

Puis il rempocha son appareil et resta dans la pénombre à observer le bloc étincelant qui trônait dans son jardin – en fait de bâche, il n'avait trouvé que des couvertures de survie et le clair de lune rendait la chose incandescente. Il espérait qu'Edith n'allait pas laisser traîner ce fourbi sous son nez trop longtemps, qu'elle n'allait pas l'obliger à fermer ses volets. On aurait dit une de ces installations paresseuses comme on en voit tant.

Et au matin, plus rien. Envolé. Tout l'attirail d'Edith avait disparu. Il sauta sur son téléphone mais il n'avait aucun message. Il jura entre ses dents. Il était encore tôt, l'allée était silencieuse. Deux rapaces tournaient en sens contraire dans le ciel clair, délicatement bleuté. Difficile de savoir à quel terrible jeu ils se livraient.

Un peu plus tard, il attrapa Marc qui revenait de l'école où il avait inscrit son fils après qu'on lui avait promis qu'aucune personne ne pourrait obtenir de renseignement sur la scolarisation d'un enfant, pas dans ce pays en tout cas. Jusque-là, tout se passait bien apparemment et Paul s'était fait de nouveaux camarades tandis que son père baisait la maîtresse d'école, Michèle, une fille qui n'avait pas la trentaine et ne jurait que par Holly Golightly et Joan Didion.

Dis-moi, tu n'as rien vu, rien entendu durant la nuit, demanda-t-il à Marc. Parce que tout son bordel s'est envolé. J'imagine qu'ils sont venus avec une camionnette.

Au moins te voilà débarrassé. C'est le bon côté des choses, opina celui-ci.

Ça ne me gêne pas de m'occuper d'elle, tempéra Luc, mais seulement de temps en temps, seulement pour des trucs sérieux. Sinon chacun doit retrouver son intimité. C'est le but. Toujours se garder une pièce dont la porte ferme à clé. Je ne veux pas qu'elle le prenne mal et ce n'est pas bon signe. Qu'elle embarque ses affaires sans me dire un mot, qu'elle file comme une voleuse, c'est un peu fort, non. C'est vertigineux. Cette raideur dont je t'ai parlé, eh bien tu vois ce que c'est, tu vois le poison à l'œuvre. Et ça ne s'arrange pas. Ça c'est elle tout craché. Tu crois qu'elle aurait laissé un mot sous une pierre. Je suis sidéré. Je le prends comme une marque de mépris.

Marc lui toucha le bras.

Luc, mon vieux, je ne veux pas envenimer les choses, mais je suis d'accord avec toi. Le message est clair. On la sent animée d'une rage froide. Ça, je connais. Par certains côtés, elle me fait penser à Iris. La détermination, elles ont ça en commun, elles sont déterminées. Une fois lancées rien ne les arrête. Parfois, pour leur ôter une idée de la tête, il faudrait prendre un burin et un marteau.

J'ai bien peur que tu aies raison, soupira Luc tandis que des gens du coin commençaient à sortir des maisons pour aller travailler en baissant la tête à la pensée qu'ils allaient en prendre pour un an avant de pouvoir ressortir les bras nus – si tout se passait bien. Ça promet des lendemains qui vont chanter, reprit Luc en hochant la tête. Alors que j'y suis allé mollo, je ne lui ai pas mis de couteau sous la gorge. Elle pouvait prendre son temps. Bon Dieu, mais je la connais tellement bien.

En rentrant chez lui, il éjacula dans du Sopalin à motifs géométriques après avoir très fort pensé à elle, à sa peau ferme, à ses cuisses musclées et à tout ce qui s'ensuit. Tout ça l'exaspérait. Cette perte de contrôle sur lui-même, ce tonnerre qui grondait au loin avec Edith, cette saloperie de roman qui ne se dévoilait qu'au compte-gouttes et lui faisait passer la journée sur un demi-paragraphe comme un malade mental.

Après avoir tergiversé une bonne partie de l'après-midi et toujours sans signe de vie de la part d'Edith, il céda et consentit à envoyer un second ballon d'essai. Un simple point d'interrogation. Qui lui coûta, lui fit se mordre les lèvres, se tordre les mains, se dégoûter, mais qu'il expédia quand même comme en pleine crise de somnambulisme, incapable de résister, capitulant en rase campagne, la tête baissée, toute fierté abandonnée.

Elle ne se donna pas la peine de réagir, bien entendu. Cette garce n'a pas levé le petit doigt pour lui envoyer un signe. À tout le moins, un point d'exclamation aurait fait l'affaire. Luc aurait décrypté et trouvé qu'elle avait un peu d'humour – aussi noir soit-il. L'humour aurait pu les sauver mais il n'avait pas été convié, l'humour n'avait pas fait partie de leurs derniers échanges durant leur agonie – qu'il avait cru bon d'attiser. Ce manque de distance qu'on avait, se disait-il en se demandant où il pourrait finir la nuit car il était déjà tard, il avait passé des heures à trier, à supprimer des centaines de clichés de son téléphone, il l'avait prise en photo chaque jour durant les premiers mois, durant cette vraie passion qu'ils avaient vécue jusqu'au début de l'été avant que ça ne parte en sucette.

Le Calypso était une espèce de bar débile où se bousculaient des poètes et des ivrognes, des actrices, des gens de la télé et de la radio, e tutti quanti. Il y avait des fauteuils en cuir, des canapés, des coussins, de la pénombre, la musique n'était pas mauvaise et l'on n'était pas trop les uns sur les autres. Serge, le patron des lieux, était le type qui avait provoqué l'étincelle cette nuit-là, en flirtant avec Edith durant toute la soirée et qui avait donné ainsi à Luc l'occasion qu'il attendait pour mettre fin à son histoire avec elle. Un type chaleureux, au demeurant, un play-boy toujours tiré à quatre épingles et qui connaissait tout le monde, de la future starlette au futur écrivain, et qui se promenait de table en table en serrant des mains.

Elle est venue quelques fois, répondit-il à Luc, mais je ne l'ai pas revue depuis un bon moment. Les femmes ça va, ça vient. On n'a pas que ça à faire.

Luc rumina ces mots pendant un moment. L'autre avait quitté la table et serrait d'autres mains alors que Luc en était encore à ressasser les dernières paroles du gars. Qui avait parfaitement raison. Les femmes ça va, ça vient. On a d'autres chats à fouetter. C'était tout ce qu'il voulait entendre. C'était de ces mots qu'il avait besoin. À son troisième verre, il se sentit détendu. Il était temps de penser à autre chose, se disait-il, d'arrêter ce petit jeu dans lequel Edith cherchait à l'entraîner. Il claqua dans ses mains. Il allait bien dormir. Il allait commencer par bloquer ses appels. Il allait même changer les draps s'il en avait le courage.

Quelques verres plus tard, son enthousiasme était retombé. Sans raison particulière. Serge était revenu lui tenir compagnie avec un couple qui buvait des téquilas au Cointreau et parlait sans arrêt.

Elle te manque la grande fille, lui demanda Serge à brûle-pourpoint, au milieu de la conversation.

Luc leva les yeux sur le play-boy en Armani trois pièces qui lui souriait de toutes ses dents.

C'est encore un peu tôt pour le dire, lui répondit Luc. Je te tiendrai au courant, si ça t'intéresse. C'est toujours un plaisir d'échanger avec toi.

Serge hocha la tête avec un sourire narquois. J'ai l'impression que tu m'en veux, fit-il.

Non, pourquoi je t'en voudrais. En quel honneur.

Justement, il n'y a aucune raison. Je te sens distant.

Oui, mais c'est bien normal. Tu ne sais pas ce que c'est, toi. Écrire un roman, tu n'as pas la moindre idée du boulot que ça représente, de la concentration que ça demande, de l'énergie que ça te pompe, tu penses que je reste chez moi à m'amuser, à regarder voler les mouches. Tu trouves que je suis distant. Je vais te dire mieux que ça. Je ne suis même pas là, je suis ailleurs la plupart du temps. Je suis absent. Les gens ne comprennent pas. Ça doit venir de là cette impression que tu as. Tu ne pouvais pas savoir. Je ne souhaite pas d'être écrivain à mon pire ennemi.

Le lendemain matin

Le lendemain matin, un lundi qui prolongeait l'été – on s'attendait à un automne flamboyant –, Luc était à son bureau depuis l'aube, conscient qu'il allait en prendre pour huit heures à faire des phrases, à les inspecter de fond en comble, à batailler, à y aller avec les dents quoi que ça puisse coûter, lorsqu'il entendit un bruit étrange en provenance du rez-de-chaussée, une sorte de couinement mêlé à un bruit de succion. Il tendit l'oreille mais le silence était revenu. Il fit craquer ses doigts et se concentra de nouveau sur son écran. La tension, l'énergie que provoquait chaque rupture était à présent retombée et la situation avec Edith tournait à son désavantage par-dessus le marché. Pour chaque page écrite, il devait redoubler d'efforts. Le pied.

Le bruit se reproduisit, ce chuintement humide, ce dérapage, cette succion, puis des chaises furent bousculées dans la cuisine, la table crissa sur le carrelage. Dehors le soleil montait dans un grand ciel bleu. Il se leva, prit sa batte de base-ball et descendit voir ce qui se tramait dans sa cuisine.

Edith rampait sur le sol, en combinaison de plongée. Ses efforts se doublaient de petits cris de souris tandis qu'elle tendait le bras vers lui.

Luc, il faut que tu me caches, lui annonça-t-elle d'une voix faible cependant qu'il se penchait sur elle.

Il se demanda si elle n'allait pas tourner de l'œil.

Tire les rideaux, fit-elle en attrapant Luc par sa chemise.

Y'en a plus. Je les ai enlevés. Mais tu saignes, nom de Dieu.

Oui, je sais. Ferme à clé. Emmène-moi dans le salon. Fais-le tout de suite.

Il l'aida à se relever, elle se cramponna à lui et il l'accompagna jusqu'au canapé. Elle se tenait le côté de l'abdomen en grimaçant. Du sang brillait sur la combinaison noire qui semblait taillée dans du caoutchouc de chambre à air. Il s'élança dans l'escalier et réapparut moins d'une minute plus tard avec du désinfectant, des compresses et des pansements en attendant mieux.

Edith était en train d'examiner sa blessure. Elle avait rabattu sa tenue sur ses hanches et faisait la moue. Il s'occupa d'elle sans dire un mot, sans manifester d'émotion particulière. Quoi qu'il aurait pu dire ou faire n'aurait servi à rien. Elle ne parlait pas de ses activités. Jamais. Il n'insistait plus. Tout était secret-défense. Elle lâchait parfois quelques détails sur les opérations qu'elle menait sur le terrain mais elle restait suffisamment vague pour qu'il ne soit guère avancé et finisse par laisser tomber. D'autant qu'il n'était pas très friand de ces histoires de commandos, d'espionnage, d'exfiltrations, de cibles à neutraliser, etc. Pas plus qu'Edith ne montrait beaucoup d'intérêt pour ses trucs d'écrivain. Ils avaient mis longtemps à comprendre qu'ils n'étaient pas faits l'un pour l'autre, qu'ils vivaient dans deux mondes séparés. Luc lui devait sans doute les neuf plus beaux mois de sa vie, comment était-ce possible.

Il lui fit un beau pansement et rangea le matériel cependant qu'elle se redressait – et dévoilait par la même occasion les dégâts sur le canapé, dégâts des eaux donc, ainsi qu'une large tache de sang.

Oh merde, marmonna-t-elle.

Ça va. On verra ça plus tard. J'appelle Georges.

Mais non.

Écoute, tu es chez moi, ici. Alors j'appelle Georges.

Il se tourna vers la fenêtre, le téléphone collé à l'oreille. Il bouillait intérieurement, il aurait bien poussé un cri de rage s'il s'était écouté.

Parfois les choses tournent mal, dit-elle dans son dos.

Tu ne le savais pas, ricana-t-il.

Quand il reporta son attention sur elle, après avoir laissé un message à Georges, elle s'était rallongée, regardait le plafond.

Ne plus avoir de ses nouvelles était une chose, certes désagréable, mais l'avoir à domicile sous prétexte qu'elle devait disparaître de la circulation pendant un moment, c'en était une autre.

Bon Dieu, Edith, gémit-il. Merde.

Je sais.

Pour finir, il l'installa au grenier. Il l'aida à monter en se disant que le grenier était le moindre mal mais il préférait ne pas y penser.

Georges arriva sur ces entrefaites. Luc descendit pour lui ouvrir.

Mais qu'est-ce qui lui est arrivé, demanda le docteur en entrant.

Tu lui demanderas. Elle a pris un coup de couteau avec toutes ses conneries. Et elle veut que je la planque ici alors qu'on est séparés, putain.

Non, mais dis-moi que je rêve. On se croirait dans un film.

Georges se pencha sur Edith pour l'embrasser puis il enfila des gants afin d'examiner sa blessure. Luc redescendit et décida de se servir un verre. Il était sans doute un peu tôt mais il en avait vraiment envie.

Il était assis dehors, sur un siège de la véranda, à ruminer la liste des ennuis à venir, lorsque Georges le rejoignit et le rassura. Ça va, elle a la peau dure. J'ai laissé une ordonnance pour elle, je l'ai mise à ton nom. Inutile d'attirer l'attention, m'a-t-elle dit. On est en pleine série noire. Enfin bon, elle va dormir pendant un moment. Je repasserai demain. Et ton roman. Où en es-tu.

Eh bien, ma foi, s'il sort vivant de cette épreuve, il en sortira plus fort.

Elle dormit jusqu'au soir. Il aurait pu en profiter pour travailler mais il n'essaya même pas. La tension était trop forte pour qu'il puisse en tirer quelque chose. Écrire dans ces conditions n'était qu'une perte de temps, rien de bon ne pouvait en sortir. Autant faire autre chose.

Il fendit un peu de bois à la hache, débroussailla le fond du jardin, tailla des bambous – ce qui lui permit de garder un œil sur les alentours mais il ne remarqua rien d'anormal. Marc tomba à la renverse en apprenant que la fameuse Edith était de retour et logeait au grenier pour se reposer de ses aventures.

Je n'aimerais pas être à ta place, déclara-t-il.

Bon, répondit Luc, ceci dit, je crois pouvoir gérer. Ça ne va pas être facile, mais je suis en bonne santé et j'attends son réveil pour mettre les points sur les i. Je ne veux même pas savoir d'où elle vient ni ce qui lui est arrivé. Elle sait ce que j'en pense. Nous avons dressé un mur entre nous. On se voit mais on ne s'entend plus. On gesticule en silence, chacun de son côté. Enfin bref. Elle a besoin que je l'aide, d'accord, je vais l'aider. C'est tout ce que je vais faire. Regarde-moi bien. Que je sois frappé par la foudre si je fais un pas de côté, mais y'a pas de danger. C'est juste une épreuve dont je me serais passé.

Écoute, Luc, si je peux t'aider en quoi que ce soit, je ne sais pas, eh bien tu le sais, n'hésite pas, tu sais où j'habite.

Luc lui fit signe qu'il avait compris. Et il ajouta qu'il était serein, qu'ils ne feraient que se croiser, le grenier étant aménagé en un petit studio presque indépendant pourvu de toutes les commodités qu'il avait occupé durant son adolescence jusqu'à ses vingt-cinq ans – il n'y avait que deux ou trois maisons à l'époque, on en comptait une bonne douzaine aujourd'hui, disséminées au milieu de bois épars qui bordaient l'embouchure du fleuve et s'avançaient jusqu'à la côte, jusqu'au pied des dunes.

Le danger, fit Marc, c'est qu'elle s'incruste. Elle va être bien là-haut, ça ne fait aucun doute. Ce sera des vacances, pour elle. Je suis admiratif du culot qu'elles ont, oui, je suis admiratif de leur pouvoir, de cette emprise qu'elles ont sur nous, au point de nous faire accepter l'inacceptable.

Je vais lui laisser le temps de se remettre et je la mets dehors, déclara Luc. J'appelle l'armée pour qu'ils viennent la chercher. Qu'ils envoient un commando pour l'exfiltrer, qu'ils s'y prennent comme ils veulent, mais je ne veux pas être mêlé à leurs affaires. Ces gens se livrent des guerres permanentes, s'écharpent et se trucident du matin au soir. On voit tout de suite où est le problème. Et elle en fait partie, Edith fait partie de leur monde. Je lui donne une semaine. Tu sais que c'est comme dans les films, c'est exactement ça. Ils ont des vies trépidantes. Mais un écrivain, et d'ailleurs qui que ce soit d'autre, ne peut vivre avec une femme capable de tuer un homme à mains nues. Il y a des limites, vois-tu, rien que d'y penser me donne des sueurs froides. D'autant que je dois me concentrer sur mon bouquin car il ne va pas s'écrire tout seul, non, malheureusement pas.

Tu m'étonnes. Raison de plus. Fais très attention. Cette proximité te fragilise. Je vois très bien le genre d'Edith. Je ne crois pas qu'elle prenne quoi que ce soit à la légère.

Non, je te le garantis. Elle ne fait jamais rien sans raison. Mais ses raisons je ne veux pas les connaître. Ça ne m'intéresse pas. Je lui donne une semaine. D'autres lui donneraient moins. Sa blessure n'est pas trop grave, elle pourra bientôt reprendre ses activités. Mais pas chez moi, pas avec moi. Elle ira faire ses trucs ailleurs, dorénavant.

Ils hochèrent la tête de concert. Le soleil se couchait. Marc leva les yeux vers la fenêtre du grenier qui miroitait dans l'incendie du soir et il la considéra durant un instant en clignant des yeux avant de changer de sujet.

Il déclara qu'il allait se remettre à jouer aux courses maintenant que l'automne commençait et que tout son matériel était en place – ordinateurs, écrans géants, antennes satellites, téléphones, fauteuil à roulettes, etc. Et visiblement il en vivait très bien. En dehors des courses de chevaux, Luc ne savait pas très bien ce qu'il fabriquait, il avait l'air d'un type à boursicoter, à jouer aux cartes derrière un écran ou à Dieu sait quoi. Il n'en parlait pas ou de façon très évasive, et Luc ne lui demandait rien à ce propos car il n'y pensait pas.

Luc aussi passait son temps devant un écran, lui aussi en vivait. Il n'était pas toujours utile d'en savoir davantage. Bien souvent les gens n'ont rien à dire sur leur profession.

Bref, après le départ de Marc qui lui renouvela son soutien en lui touchant l'épaule, Luc trouva Edith encore endormie. Il la regarda en se grattant la tête. Sa tenue d'homme-grenouille était abandonnée au pied du lit et elle avait trouvé un short et un tee-shirt dans un placard. Elle connaissait la maison.

Il n'y avait pas si longtemps, il avait serré cette femme dans ses bras. C'était loin.

Il empocha l'ordonnance de Georges et retourna en bas – en s'éloignant d'elle il se sentit mieux, plus détendu. Il était chez lui, il avait encore les cartes en main. Il fallait juste se méfier, garder le contrôle de la situation en permanence.

Il s'avança sur le perron, son verre à la main. Il y avait encore un peu d'animation dehors, des fenêtres étaient éclairées, des voitures se garaient, des personnes couraient, quelques-unes arrosaient leur jardin, sortaient leur chien, sautaient dans leur piscine chauffée, passaient des coups de fil à la belle étoile. Il n'était pas le seul à chercher la solution à ses problèmes. Tout le monde y passait. Ce constat le rassurait.

Il était cependant incapable d'exprimer ce qu'il éprouvait exactement. Préférait-il qu'elle soit là ou non, il n'en savait rien, autant de pour que de contre. Il n'admettait pas devant Marc qu'il jouait avec le feu, mais c'était exactement ce qu'il faisait, rien d'autre, il jouait avec le feu, et le simple fait d'y penser accélérait les battements de son cœur. Il misait gros. S'il se plantait, si présumant de ses forces il perdait la partie, il risquait de le payer très cher. On ne s'acquittait jamais de ce genre d'erreur, malheureusement. Et on n'a qu'une vie.

Nous sommes arrivés par la mer

Nous sommes arrivés par la mer, mais c'était un piège, déclara-t-elle. Je ne peux pas t'en dire plus. Trois commandos sont restés au tapis. Nous avons dû nous disperser.

La routine quoi, fit-il en la regardant traverser la pièce du lit jusqu'au fauteuil, pliée en deux. Mais tu sais, tes histoires ne m'intéressent plus du tout. Ce n'est plus mon problème.

Ça ne l'a jamais été, rétorqua-t-elle. Ne dis pas n'importe quoi.

Les femmes étaient des adversaires infatigables, imbattables en course de fond, songea Luc. Elles étaient toujours sur la brèche. Elles étaient sans répit.

Je ne vais pas rester, ne crains rien, poursuivit-elle.

Je ne vais pas te dire que tu es ici chez toi. Ça c'est terminé. Ça ne m'empêche pas de te dépanner. Tu n'es pas devenue une étrangère du jour au lendemain.

Luc, je dois disparaître de la circulation. Des types me cherchent, est-ce que c'est si difficile à comprendre.

Non, c'est très facile au contraire. C'est une drogue. Tu as besoin de ça. Okay. Tu as une bande à tes trousses, il y a rien de nouveau. Même un abruti total comprendrait la situation. Tu viens chez moi pour te cacher, tu m'entraînes de force dans tes histoires, tu vas m'empêcher de travailler d'arrache-pied, alors que Caroline m'a fait comprendre l'autre jour que je devais me presser un peu pour lui remettre le maudit roman avant les fêtes, enfin bref, j'aimerais bien héberger une fille un poil reconnaissante si possible, eu égard au service que je lui rends.

Elle haussa vaguement les épaules.

Edith savait toujours choisir la bonne expression, la bonne attitude, l'ambivalente, celle qui vous sciait les pattes, qui vous laissait sans voix. Une véritable artiste dans ce domaine. Hausser vaguement les épaules par exemple, mais de manière aussi subtile, aussi indéchiffrable, quel talent, quelle précision, quelle parfaite maîtrise.

Ce que j'entends quand je dis reconnaissante, déclara Luc, c'est pas ce que tu penses.

Non, détrompe-toi, ça ne m'a pas effleurée, répliqua-t-elle. J'avais parfaitement compris. Ce n'est pas la peine de répéter que nous sommes séparés. Je le sais. J'ai encore ce petit mot que tu m'as laissé un matin sur le miroir de la salle de bains. Luc, tu es sûrement le dernier type sur terre avec lequel je pourrais baiser.

Alors, tout va bien. On part sur de bonnes bases. Je voulais m'en assurer. Aucun de nous deux n'a envie de remettre ça, n'est-ce pas. Encore une fois, tu sais que je suis sur ce satané roman et je ne peux pas me permettre d'être embarqué dans vos histoires de commandos ou peu importe quoi. Je ne vais pas avoir le temps, tu comprends. Et j'en ai aucune envie. On ne peut pas écrire un roman au milieu d'un champ de bataille. Mais bon, quelques jours ne vont pas nous tuer, j'imagine. C'est juste un peu bizarre. De te voir là, de te retrouver ici, chez moi. Ça crée presque une sorte de malaise. Mais c'est fugitif. Pas la peine de me regarder comme ça.

Je n'ai pas le droit de te regarder, peut-être.

Il ne répondit pas. Il tourna la tête vers la fenêtre et fixa un instant celle de chez Marc qui brillait à l'étage, de l'autre côté du terre-plein arboré, et qui devait s'envoyer en l'air avec sa jeune maîtresse d'école dont il vantait sans faillir les mérites, la bonne humeur, la joie de vivre, l'insouciance, etc., alors qu'à cet instant précis, à un jet de pierre, l'atmosphère était lourde entre Edith et lui.

Sinon il faut s'attendre à quoi, demanda-t-il en reportant son attention sur elle.

Je ne sais pas. C'est difficile à dire.

Il croisa son regard et se leva sans prononcer un mot puis il quitta la pièce.

Le lendemain, après sa visite de contrôle, Georges s'arrêta sur le pas de la porte et se tourna vers Luc.

Lorsque j'ai appris que vous aviez rompu, déclara-t-il, j'ai pensé que c'était la meilleure chose qui pouvait vous arriver, à l'un comme à l'autre. Maintenant, je ne sais plus.

Luc, qui n'avait pratiquement pas fermé l'œil de la nuit, se renfrogna en se demandant s'il avait bien entendu.

Tu ne sais plus, ricana-t-il. Tu étais pourtant si sûr de toi. Cette fille ne va t'attirer que des ennuis, méfie-toi d'elle comme de la peste, bla bla bla. Tu me l'as assez rabâché. Au fond, je crois que tu la trouvais trop bien pour moi.

Je la trouvais dangereuse. Trop résolue, trop imprévisible. Je n'allais pas te jeter dans ses bras, je ne voulais pas avoir ton malheur sur la conscience. Ta mère était d'accord avec moi, mais aujourd'hui, je vais te dire une chose, Edith est encore plus dangereuse qu'avant, la preuve, elle me fait douter. Je ne suis plus aussi catégorique.

La prochaine fois, je me fierai à tes conseils, c'est du solide.

Pour certains, poursuivit Georges, il faut des années avant qu'ils puissent bouger d'un cil. Pour d'autres, c'est presque instantané. Je me suis peut-être trompé à son sujet. Peut-être qu'elle n'est pas le mauvais choix qu'on supposait. En tout cas, elle a changé, je l'ai bien senti. Mais les épreuves ne l'ont pas ramollie, mon vieux, ne compte pas là-dessus.

Je l'ai déjà pratiquée et je suis toujours vivant, il me semble. S'il y en a un qui la connaît bien, c'est moi. Si je ne suis pas capable de l'héberger chez moi durant quelques jours sans que le ciel me tombe sur la tête, alors c'est grave.

Georges le considéra avec un sourire bienveillant et s'éloigna en dodelinant de la tête tandis que Luc jetait un coup d'œil méfiant aux environs sans rien remarquer d'anormal – ce qui ne l'empêcha pas de refermer à double tour derrière lui.

Le soir même, Edith se teignit en brune

Le soir même, Edith se teignit en brune. Il y avait longtemps que cette idée la démangeait et les circonstances s'y prêtaient absolument. Luc avait suivi ses instructions cependant qu'il effectuait une visite éclair dans l'appartement d'Edith, de sorte qu'il avait mis la main sur le produit ad hoc sans coup férir – un noir intense à la Dita von Teese –, et de même avait-il récupéré son Glock – dissimulé dans le rembourrage d'un accoudoir du canapé – et quelques tenues de ville, des sous-vêtements et son ordinateur enfournés à la hâte dans un sac de sport en grosse toile vert bronze.

Il n'avait rien remarqué de menaçant dans l'air, pas de types embusqués, pas de flottement derrière les rideaux, pas d'envol de moineaux dans la rue. R.A.S., avait-il déclaré en faisant son rapport pendant qu'elle examinait rapidement le contenu du sac et mettait enfin la main sur son noir intense.

J'ai un peu le trac, avoua-t-elle.

Tu ne devrais pas. Tu vas être superbe. Je ne suis pas du métier mais je pense que c'est une précaution supplémentaire, si tu dois te faire oublier. Ça ne mange pas de pain.

Ma mère était brune. J'en rêve encore, tu sais. J'ai mis des années avant de pouvoir la regarder dans les yeux. Elle me faisait peur.

Ils vont grimper aux murs, tes gars, quand ils vont te revoir. Ils vont l'adorer ta couleur, n'aie crainte. Ne pense plus à ta mère.

Leur cohabitation commençait à peine et ils avaient déjà enfreint la règle numéro un. Il n'avait pas à être là, assis sur le rebord de la baignoire, discutant avec elle pendant qu'elle s'appliquait son noir aile-de-corbeau, ils n'avaient pas à partager de salle de bains, ils n'avaient pas d'habitudes à reprendre, ils n'avaient pas à être bons camarades, cette scène ne devait pas avoir lieu, elle n'était pas dans le script, jamais de la vie, mais ils n'avaient pas l'air de s'en inquiéter.

De ce point de vue, Georges avait donc vu juste. Quelque chose se préparait mais les circonstances brouillaient le message.

Si rien ne se passe durant la nuit, annonça-t-elle en jetant ses gants à la poubelle, c'est qu'ils auront laissé tomber. Je suis une aiguille dans une botte de foin, ici. Ils finiront par s'en rendre compte. Bon, mais je dois rester prudente. Officiellement, cette mission n'existe pas. Ils n'enverront personne pour nous récupérer. Mais chacun de nous sait à quoi s'en tenir et nous l'acceptons.

Oui, je sais. Tu me l'as déjà dit. C'est admirable.

Il en avait assez entendu. C'était fatigant. Il se leva et descendit boire un verre. Il passa par la cuisine et sortit par la porte de derrière. Au lieu d'admirer le ciel étoilé, il tâcha de scruter l'obscurité, de repérer un mouvement entre les bosquets. Soudain, cet endroit familier – il y avait planté des arbres de ses propres mains autrefois, ainsi que le bougainvillier qui contournait l'angle et courait à présent le long de la galerie jusqu'aux marches du perron –, cet endroit familier devenait plus inquiétant tout à coup. Un souffle d'air ondula dans les hautes herbes et le fit sursauter. Fausse alerte. Ce n'était pas de la paranoïa. Edith lui avait présenté quelques gars des forces spéciales, à l'époque où ils filaient tous deux le parfait amour. Des gars souriants mais avec un éclair au fond de l'œil. Mieux valait ne pas se mettre en travers de leur chemin. Ne pas même tenter de discuter. Luc se demandait régulièrement comment elle s'y prenait pour tenir la dragée haute à de tels numéros. Ils étaient de vrais toutous devant elle, ils lui auraient léché les mains – et davantage encore, elle n'avait qu'un mot à dire.

Il fit quelques pas dans le jardin. La nuit était calme, les gens dormaient. Il se tenait encore dans l'ombre de la haie lorsqu'il s'arrêta net et recula d'un pas pour se mettre à couvert. Une Audi garée en face, tous feux éteints, la flamme d'un briquet – c'était un miracle que des gens fument encore des cigarettes –, une silhouette, une toux sèche, de la fumée qui s'échappait par le carreau.

Il rentra. Edith se tourna vers lui. Je vois que tu as changé les casseroles de place, déclara-t-elle tandis qu'il se précipitait d'un bond en renversant une chaise pour éteindre la lumière.

Elle comprenait vite. Avant qu'il n'ait ouvert la bouche, elle avait déjà débarrassé le plancher et s'était réfugiée dans la pénombre du salon où il ne tarda pas à la rejoindre, les nerfs à vif.

Elle le regardait à présent avec les sourcils en accent circonflexe, ce qui traduisait un étonnement agacé. Tu peux m'expliquer, l'encouragea-t-elle.

Il y a un type garé dehors, annonça-t-il. Je ne sais pas ce qu'il fait. J'ai eu l'impression qu'il espionnait la maison. Mais peut-être que je me trompe.

Bon, tu ne bouges pas, déclara-t-elle en se dirigeant aussitôt vers l'escalier. Je reviens.

Mon vieux, ça ne traîne pas avec toi, lança-t-il cependant qu'elle disparaissait à l'étage.

Elle redescendit quelques secondes plus tard, s'arrêta sur la dernière marche pour armer son Glock qu'elle fourra dans sa poche en le gardant en main.

Je n'irai pas ramasser de cadavres sur la chaussée, lança-t-il en attrapant un numéro de *Science & Vie* qui traînait sur la table basse. Ne compte pas sur moi.

L'une des seules solutions qui s'offraient à lui aurait consisté à la maîtriser physiquement mais il n'avait pratiquement aucune chance d'y parvenir. Les techniques les plus éprouvées du corps-à-corps n'avaient plus de secrets pour elle et, à moins de la prendre par surprise et de l'assommer – ce dont il ne mesurait pas bien les conséquences eu égard au fichu caractère qu'elle avait –, il valait mieux laisser tomber.

Je n'en aurai pas pour longtemps, dit-elle. Ne t'occupe pas de moi.

Il leva les yeux pour la fusiller du regard mais elle était déjà sortie.

Le lendemain matin, pour dire à quel point cette femme était folle, elle décida de prendre l'air sur la véranda alors qu'elle était censée rester quasiment invisible pendant au moins une semaine et celle-ci venait juste de commencer. Certes, il s'agissait d'une journée magnifique, d'un pur été indien, mais cela valait-il la peine de risquer sa vie ou de se morfondre dans un triste hôpital en attendant d'attraper une nosocomiale carabinée. La réponse était oui, d'après elle. Par une telle matinée, plus rien d'autre ne comptait et elle ne l'écoutait pas, elle se moquait de ses mises en garde, de ses recommandations, des fous furieux qui rôdaient peut-être encore dans les parages.

Luc, je connais tout ça par cœur. Je sais tout ça. Je baigne dedans.

Elle se tourna vers lui en souriant et se flanqua une branche du bougainvillier dans l'œil. Elle poussa un cri, porta la main à son visage, puis s'affaissa dans le fauteuil à bascule qu'elle affectionnait particulièrement du temps où elle vivait chez lui.

Voilà ce qui arrive lorsque l'on ne veut rien entendre, songea-t-il en se penchant sur elle. Il lui écarta la main cependant qu'elle protestait. Son œil n'était pas touché mais elle avait une belle estafilade au-dessus de la pommette.

Continue comme ça et je change de métier, déclara-t-il. Secouriste paraît approprié.

Il alla chercher le nécessaire et à son retour il la trouva les yeux clos, sereine, abandonnée à la tiédeur matinale et dans la lumière incandescente du jour qui la hâlait. Il s'arrêta pour l'observer et remercia le ciel que la nuit passée n'ait pas tourné au carnage. Sans doute rien n'était-il réglé car l'Audi avait démarré en trombe dès l'instant où Edith avait fait trois pas dans sa direction. Elle n'avait pas pu voir qui conduisait ni relever le numéro des plaques du fait de la distance et de l'obscurité, mais selon elle, il n'y avait pas de fumée sans feu.

Il la laissa se reposer après s'être occupé de son écorchure qui avait la forme d'une demi-lune et semblait souligner son œil. Il tourna en rond jusqu'à midi, incapable de se mettre au travail bien entendu, totalement décontenancé par la simple présence de cette femme assoupie dans son fauteuil à bascule, reprenant des forces après avoir trouvé refuge auprès de lui. Le temps aurait mérité de s'arrêter à ce moment-là. Il trancha la branche incriminée d'un coup de sécateur et il se dit advienne que pourra.

Néanmoins, il se garda bien

Néanmoins, il se garda bien de tirer un quelconque avantage de la situation et s'employa à conserver une certaine distance avec Edith, à ne pas déroger aux règles qu'il s'était fixées. Pas de contacts équivoques, pas de familiarités excessives sous prétexte qu'ils avançaient en terrain connu. La pente était raide. En peu de temps déjà, diverses barrières avaient été franchies.

Le roman était une bonne excuse. Luc prétendait qu'il devait s'y consacrer corps et âme car il était à un tournant – en fait le truc était au point mort depuis qu'elle était là, il n'avait pas écrit une seule ligne, mais il y avait plus inquiétant en l'occurrence, le piège était devant lui et il avait beau en connaître les ressorts, les artifices, les détours, les chausse-trapes, il ne s'en méfiait pas moins. Une sortie de route était vite arrivée.

La seule chose à laquelle il ne pouvait échapper – de ce point de vue, Marc se mettait à sa place, il voyait le tableau –, et que Luc appréhendait avant l'heure, survenait au moment où il changeait son pansement car elle ouvrait son peignoir et s'offrait en petite tenue – il avait pourtant vu ça cent fois mais là c'était chaud, d'autant que pour être un commando des forces spéciales on n'en était pas moins femme et elle ne portait que du Victoria Secret.

Ah la vache, soupira Marc en aiguisant les lames d'une tondeuse à gazon. Elle te sort le grand jeu, on dirait. Tu as intérêt à te tenir prêt.

Luc acquiesça. Sinon, ajouta-t-il, on ne fait que se croiser, on n'a pas les mêmes heures. Ça va, de ce côté, on respecte les consignes. Elle écoute de la musique au casque pendant que je regarde un film avec des lunettes 3D.

Oui, je me demande comment faisaient nos parents. Quand je vois mon fils collé à sa tablette avec ses écouteurs dans les oreilles du matin au soir, j'ai l'impression que je l'ai déjà perdu et il n'a que six ans. Écoute, viens manger à la maison ce soir, ça te changera les idées.

Luc hocha la tête avant même de décider s'il allait accepter ou non. Parfois, mieux valait ne pas trop réfléchir.

Lorsqu'il sonna chez Marc, il fut surpris de découvrir qu'il n'était pas le seul invité mais qu'ils étaient une bonne vingtaine, des types à barbichette, des trentenaires et des filles aux mollets blancs – Luc apprendrait plus tard qu'il s'agissait, pour la plupart, des maîtres et des maîtresses de l'école où Michèle enseignait, mais au moins il y avait à boire.

Il faisait encore bon et la tiédeur accumulée dans le sol remontait par vagues et ondulait jusqu'au feuillage qui déclinait l'éventail de tous les rouges que l'on pouvait imaginer. Michèle avait déjà les joues rouges elle aussi, à force de passer d'un groupe à l'autre pour proposer ses beignets de fleurs de courgette en demandant si tout allait bien, si l'on était en forme pour la rentrée, si les vacances avaient été bénéfiques.

Cette fille me rend fou, fit Marc dans son dos. Bon Dieu, je ne devrais pas dire ça, soupira-t-il. On jure qu'on ne se laissera plus prendre, et regardons-nous, toi et moi comme des bleus on y retourne tête baissée.

Non. Parle pour toi. Je n'ai pas mis le doigt ni même l'ombre du bout d'un doigt dans l'engrenage. À aucun moment je n'ai baissé la garde. C'est difficile, je ne dis pas le contraire, mais c'est gratifiant. J'en profite pour te rappeler d'être prudent. Michèle est formidable, le problème n'est pas là, mais réfléchis bien avant de la laisser s'installer chez toi. Je suis là pour te dire que c'est la chose à ne pas faire, je te parle en connaissance de cause. C'est remuer le couteau dans la plaie. À moins que tu ne cherches à te faire remarquer.

Luc s'interrompit pour lui tendre son verre. Marc était déjà bien éméché, il tenait à peu près debout mais en versa la moitié à côté. Tu as raison, grommela-t-il en secouant la tête. Je crois que je déconne. Je suis en train de faire le con. Mais regarde-la. Elle se sent pousser des ailes. Elle est heureuse.

Oui, j'ai connu ça avec d'autres femmes avant Edith. On finit toujours par les rendre malheureuses, enfin la plupart du temps, d'une manière ou d'une autre. C'est rare qu'on soit à la hauteur sur le long terme.

Pendant ce temps, la soirée s'animait mollement autour du buffet. Certains types avaient un pli au pantalon, certaines filles avaient un tatouage au mollet. Je les connais pas, déclara Marc. À part toi, je connais personne ici. Ils ont l'air coincés, non.

Des enfants dans des corps d'adultes, fit Luc avec une moue évasive. Ils ont à peine sorti le nez de leurs livres et les voilà projetés dans le monde réel. On les sent un peu hésitants, un peu affectés. En dehors d'imiter leurs parents, ils ne savent pas trop quoi faire. Rien de très nouveau, remarque. Ce n'est pas la bonne volonté qui manque, c'est le courage. La bonne volonté ne suffit pas.

Oui, mais le pire, poursuivit Marc comme ils trouvaient un coin pour s'asseoir, le pire, ce qui me fend vraiment le cœur, c'est Paul. Ce gosse, elle joue les mères parfaites avec lui.

De temps en temps on leur proposait quelque chose à manger. On leur souriait machinalement. Luc voyait sa maison de l'autre côté qui se découpait dans l'obscurité. La fenêtre du grenier était allumée.

Marc, soupira-t-il, si tu prends ça en ligne de compte, tu ne vas plus rien y voir. Tu ne pourras plus juger de rien. Tu n'arrêtes pas de me dire qu'Iris finira par vous mettre la main dessus.

J'en suis sûr. Crois-moi. Son avocat, cette ordure, je suis persuadé qu'il a engagé un détective. Ma main à couper qu'il couche avec elle. Ce salaud veut ma peau.

Justement. Tu fais bien d'en parler. Écoute, je n'ai pas l'impression que le moment soit idéal pour te mettre en ménage avec Michèle. Tu n'as pas besoin de publicité. Fais comme Edith, fais-toi oublier. Enfin je te donne juste mon avis.

Entre deux allers-retours à la cuisine, Michèle vint s'enquérir de ce qu'ils fabriquaient à l'écart avec leurs mines sombres. Marc se releva d'un bond pour lui montrer qu'il tenait encore bien sur ses deux jambes, mais il s'avéra qu'il s'était surestimé car il retomba bientôt assis sur son siège, complètement lessivé. Luc croisa le regard de Michèle.

Il ne supporte pas l'alcool, dit-elle. C'est terrible.

Marc regimba, protesta du contraire, mais elle l'ignora.

Luc, reprit-elle, si tu pouvais m'aider à le monter dans la chambre, ce serait gentil.

Marc continua de marmonner mais il se laissa faire.

L'opération se déroula sans difficulté particulière en dehors d'une embardée notable à l'étage durant laquelle le trio vacilla. Chacun se raccrocha à l'autre, de sorte que Luc se trouva sans crier gare plaqué contre Michèle. Ils échangèrent un sourire gêné et se séparèrent aussitôt, pareillement interloqués tous les deux.

En silence, ils reprirent Marc en charge, lequel éructa à différentes reprises avant qu'ils ne l'abandonnent sur son lit. Il faisait bien nuit mais elle tira les rideaux avant qu'ils ne sortent.

Elle referma la porte et resta quelques secondes immobile. Luc se tenait dans son dos. Une vague musique montait du jardin. Puis elle lâcha dans un souffle, je dois retrouver les autres, je dois y aller. Bien qu'elle ne le vît pas, il opina.

Il la suivit des yeux pendant qu'elle empruntait l'escalier. Il n'était pas très emballé à l'idée de rester plus longtemps dans les parages. Il but un dernier verre et s'éclipsa. Il redescendit en direction de chez lui. Elle le rattrapa, à la fois pâle et nerveuse, et le tira par la manche.

Tu es parti si vite, Luc. Je voulais te remercier.

Alors elle l'empoigna par le devant de sa chemise, l'attira vers elle, l'embrassa sur la bouche et repartit en courant. Il secoua la tête. À vingt ans, il se serait lancé à sa poursuite. Mais plus maintenant.

Que pouvait-elle lui dire

Que pouvait-elle lui dire. Pas grand-chose, comme d'habitude, songea Edith qui concevait sa frustration mais les choses avaient été claires depuis le début. Forces spéciales, secret-défense, motus et bouche cousue, tout le tralala. Il était prévenu. Un territoire auquel il n'aurait jamais accès. Une part d'elle qui lui serait à tout jamais inconnue. Elle avait regardé Luc droit dans les yeux en lui demandant s'il avait bien entendu. S'il avait bien compris qu'elle ne pourrait jamais être la fille qui lui appartiendrait corps et âme. Elle était à califourchon sur lui et il était toujours en elle lorsqu'il avait acquiescé. Avec ce petit sourire confiant qu'elle n'avait jamais digéré. En fait, il n'avait rien compris. Il avait pensé qu'elle plaisantait. Ou pire encore, qu'il ne ferait de cette petite ombre au tableau qu'une bouchée. En général, les hommes n'entendent que ce qu'ils veulent bien entendre. Et les écrivains sont carrément sourds.

Elle l'observait depuis un moment dans le fond du jardin, absorbé par sa séance de tir à l'arc – elle lui avait offert un Old Tradition Alpha en fibre de carbone quelques mois plus tôt pour remplacer son vieux machin à poulies, il en était tombé à la renverse, il lui avait baisé les mains, les pieds, les genoux, etc., d'autant que ce n'était ni Noël ni son anniversaire. Ils avaient eu de véritables moments de grâce tous les deux, tels qu'elle n'en avait pas connu avec un autre homme, des moments sans passé, sans futur, qui ne duraient que quelques heures, quelques minutes, ou juste le temps d'un éclair. Elle s'était rongé les ongles lorsqu'il l'avait quittée, elle était consciente des sentiments qu'elle éprouvait pour lui, mais elle n'y pouvait rien. Il était prévenu. Elle n'allait pas choisir.

Elle hésitait encore à sortir de la maison en plein jour, à découvert, et elle resta plantée devant la fenêtre en attendant qu'il se manifeste. Elle avait reçu des ordres. On ne l'avait pas félicitée pour le fiasco de l'opération ni pour le sang versé. On ne voulait plus la connaître. On ne voulait pas faire de vagues. Elle devait rester où elle était et ne plus utiliser cette ligne. On attend que ça se calme. On vous fera signe. Soignez-vous.

Elle craignait un peu que Luc ne l'envoie promener. La semaine qu'il lui avait accordée touchait à sa fin et elle était loin d'être certaine qu'il serait prêt à la prolonger. Après l'avoir surpris à son insu l'autre soir avec cette fille, elle ne pouvait plus jurer de rien – lorsqu'ils s'étaient embrassés, son verre d'eau lui avait échappé des mains et elle s'était vivement écartée de la fenêtre, consciente que la situation tout à coup n'était plus la même et la fragilisait. Un sentiment d'agacement mêlé d'inquiétude l'avait traversée tandis qu'elle se fixait dans le miroir de la salle de bains en se brossant les dents. Elle n'avait retrouvé son calme qu'après avoir exécuté une centaine de pompes sur la descente de lit à poil ras.

Quelques nuages d'altitude s'effilochaient dans le ciel bleu lorsqu'il rentra. Il avisa Edith et lui adressa un sourire avant de s'installer à la table de la cuisine pour cirer la corde de son arc.

Luc, dit-elle, je peux très bien comprendre que tu t'interroges.

Il leva les yeux un instant et répondit que ce n'était pas nouveau, qu'il y consacrait le plus clair de son temps.

À propos de moi, précisa-t-elle. De ma présence ici.

Il marqua un temps d'arrêt. Oui, fit-il en esquissant un geste vague de la main qui tenait le bâton de lubrifiant, oui ta présence, je vois de quoi tu parles. Pourquoi, il y a un problème là-haut, un problème de plomberie ou quoi que ce soit.

Mais non, tout est parfait, tout va très bien.

Tu as la plus belle vue de la maison. J'y dormais encore avant ton retour. J'avais tiré le lit devant la fenêtre et j'ai assisté à des pluies de météorites. Je le faisais déjà quand j'étais gosse. Sauf que j'entendais mon père et ma mère qui se battaient.

Je sais. C'est épouvantable.

Je mettais de la musique. Je ne faisais plus un pas sans avoir un casque sur les oreilles. J'ai dû écouter de la musique pendant cinquante mille heures depuis mon adolescence jusqu'à maintenant. C'est le côté positif de l'histoire. D'autant que je ne les ai plus jamais entendus.

Oui, je sais, Luc, mais écoute-moi. Écoute-moi. Je suis désolée pour la gêne que j'occasionne, j'en suis tout à fait consciente. Mais cette semaine m'a remise d'aplomb, j'ai enfin pu souffler.

Oui, je le vois, tu as meilleure mine. Je craignais qu'avec tes cheveux noirs, mais non, pas du tout, ça te va très bien. Enfin moi, à ta place, je ne forcerais pas trop quand même. Tu cicatrises à peine.

J'ai eu mes supérieurs. Ils me disent de rester tranquille. Ils me disent qu'ils n'ont plus besoin de moi pendant un moment.

Ils t'abandonnent sur le bord de la route si je comprends bien. C'est démerde-toi.

Pas vraiment. Mais toutes nos planques sécurisées sont occupées pour le moment. Toutes nos forces sont déployées sur le terrain. On manque d'armes, on manque de véhicules, on manque de tout. Où crois-tu que j'étais durant les trois semaines où tu ne m'as pas vue. On est débordés en ce moment. Le monde va mal. Les enjeux sont astronomiques.

Tu m'en diras tant. En tout cas, tu ne me gênes pas du tout. Je ne suis pas en train de compter les jours, la maison est assez grande.

Je ne veux pas être un poids pour toi. Tu en as déjà assez fait.

Elle le pensait vraiment. Elle ne put cependant s'empêcher d'en rajouter un peu, affichant soudain une petite et fugitive grimace, une main plaquée sur sa blessure.

Eh bien tu vois, dit-il, voilà de quoi je parlais. Et je te connais. Tu vas sûrement en faire trop. Dès demain tu vas vouloir sauter en parachute ou descendre le mont Blanc à ski et ça va se rouvrir et j'irai te voir à l'hôpital avec la gorge nouée et je me maudirai de n'avoir pas su te retenir. Prends donc un peu vacances, tiens-toi un peu tranquille pour une fois.

Elle s'avança en se tenant le côté, avec un sourire tordu, vers la table où Luc était assis avec son arc et ses flèches devant son café matinal. Le soleil commençait à poindre aux fenêtres et s'avançait sur le sol et baignait ses pieds nus. Elle s'approcha de lui et appuya son ventre contre sa joue en signe de gratitude et aussi lui caressa la tête car elle savait ce qu'il y avait de bon et de mauvais chez cet homme et il se laissa faire jusqu'au moment où il bondit de sa chaise et s'écarta d'elle comme d'une flamme.

Bon Dieu, Edith, fit-il le souffle encore court. Qu'est-ce qu'on est en train de faire.

Elle sembla tomber des nues. Mais on ne fait rien, quelle idée.

Il se redressa. Okay, eh bien commence par refermer ton peignoir si on ne fait rien, déclara-t-il. Edith, c'est pas compliqué, si on cède, on replonge illico en enfer, c'est écrit d'avance.

Elle faillit lui répondre que l'enfer ne lui faisait pas peur, elle connaissait, elle avait vu des gars découpés en trente-six rondelles, elle avait vu des forêts brûler sur pied après une erreur de guidage, elle avait vu des oiseaux sans plumes qui tentaient de s'envoler, la terre s'éventrer. Plus grand-chose ne pouvait lui faire peur et l'enfer qu'évoquait Luc, l'enfer qui les attendait s'ils se permettaient le moindre écart de conduite, c'était peanuts en comparaison.

Tu m'entends, poursuivit-il, parce que tu ne changeras jamais et que je ne changerai jamais. C'est aussi simple que ça. On sait ce que ça a donné.

Je suis navrée Luc, je crois que tu as mal interprété mon geste, c'était tout simplement affectueux, je n'avais aucune arrière-pensée. Je ne suis pas folle. Je ne pensais pas à mal.

Il la considéra un instant, sans trop insister, puis il hocha la tête et tourna les talons.

Il se félicita dans la seconde d'avoir mis fin à leur échange car il venait d'apercevoir Michèle qui visiblement s'apprêtait à lui rendre visite. Elle hésitait à l'entrée du jardin, jetant des regards inquiets autour d'elle. Il sentit aussitôt les ennuis arriver. Sans réfléchir, et parce qu'il n'était pas d'humeur à faire les présentations et qu'il avait encore à l'esprit la mauvaise blague à laquelle il venait d'échapper, il s'assura du coin de l'œil qu'Edith n'avait rien remarqué et il sortit voir de quoi il retournait.

Michèle semblait nerveuse, contrariée, et elle ne prit pas la peine de répondre au sourire amical que Luc lui adressa en marchant à sa rencontre, cette blonde un peu maigre, avec des allures d'adolescente montée en graine, mais pâle à cette heure malgré l'ensoleillement général. Elle attaqua d'emblée, comme il s'arrêtait devant elle.

Tu peux m'expliquer ce qui se passe, fit-elle d'une voix sourde en se tordant les mains et avec des flammes dans les yeux.

Il se demanda ce qui lui prenait. De quoi parlait-elle au juste. Expliquer quoi. Et cette façon d'inverser les rôles. Ça me sidère, lui dit-il. Lequel des deux a sauté sur l'autre. Rien de méchant, en tout cas.

Peu importe. Tu sais très bien de quoi je veux parler.

Sans pouvoir en jurer, il lui sembla qu'elle grinçait des dents.

Détends-toi, reprit-il en l'entraînant sur le trottoir. Il ne s'est rien passé entre nous.

Tu ne peux pas dire ça. Tu ne peux pas nier.

Rien du tout. Je ne nie rien du tout. Ça m'arrive tous les jours. Une odeur, une intonation, croiser un regard, un frôlement, si tu veux parler de cette décharge électrique, oui, tu sais, cette attirance, cette affinité immédiate, c'est le seul cadeau que Dieu nous ait fait, ça ne se commande pas.

Mais ça doit rester fugace, éphémère, ça doit rester subtil, ne causer d'ennui à personne, alors rentre chez toi, Michèle, ne te mets pas dans cet état, rentre chez toi. Ça ne vaut pas le coup.

La voyant grimacer de plus belle, il se demanda où était passée cette image solaire qu'il lui attribuait d'ordinaire, de fille cool, insouciante, virevoltante, enjouée, etc., qu'il s'était figurée au point de jalouser Marc qui parlait toujours d'elle avec le sourire aux lèvres – après y avoir passé une langue émue.

Mais sa perplexité ne dura qu'un instant. Il vérifia du regard qu'Edith n'était pas dans les parages et il demanda à Michèle si elle était en train de lui faire une scène. Parce que ça devient surréaliste. J'espère que tu n'as pas apporté un couteau de cuisine avec toi. Ça s'est déjà vu.

Je veux savoir ce que tu m'as fait et pourquoi tu me l'as fait. Ça m'a démolie. Tu as tout rasé autour de moi. Je n'arrive plus à dormir.

Écoute, je ne sais pas. En tout cas je ne suis pas libre.

Elle jeta un coup d'œil sombre par-dessus l'épaule de Luc, désigna la maison d'un coup de menton rapide. Je croyais que vous n'étiez plus ensemble, fit-elle sur un ton ricanant, dédaigneux.

Je ne te parle pas d'Edith, répondit Luc. Je ne suis pas libre parce que j'ai un roman à écrire sur le dos. C'est une vraie vacherie. C'est pire qu'une femme. Ça ne dort jamais, ça demande une attention permanente, ça bouffe toute l'énergie, ça siphonne les rêves et ça bousille les reins. Ce n'est pas ce que j'appelle être libre. Chaque jour je peux vérifier que mes chaînes tiennent bon, que je n'en ai pas fini avec cette histoire. Je suis forcé d'être honnête. Je ne connais aucune femme qui pourrait supporter une relation pareille et ça je peux le comprendre. Il n'y a pas plus casse-couilles qu'un écrivain au bout d'un moment.

Soudain, tandis qu'elle fixait Luc sans ciller, les poings serrés, deux larmes coulèrent le long de ses joues, deux larmes silencieuses, allumées comme des mèches. Le silence, autour d'eux, grésilla de plus belle. Puis Michèle tourna soudain les talons et s'éloigna sans ajouter un mot, la queue basse.

Il la suivit des yeux pendant qu'elle remontait chez elle – ou plutôt chez Marc, rien n'était encore joué et les choses n'en prenaient pas le chemin – jusqu'à ce qu'elle disparaisse. Malgré la distance qui les séparait, il entendit claquer la porte. On s'arrachait les cheveux pour inventer des histoires alors que les plus épatantes, les plus dingues de toutes se déroulaient en direct, devant soi, songea-t-il en retournant chez lui. Michèle avait l'air vraiment secouée. Il s'installa sur le perron, près du bougainvillier qui avait failli éborgner Edith mais n'en resplendissait pas moins. Georges n'allait pas tarder à effectuer sa visite. Luc regarda sa montre. C'était ennuyeux, cette histoire. Il ne voulait pas d'embrouille avec Marc, il l'aimait bien. Mais Michèle faisait peur. Il devait se tenir doublement sur ses gardes, à présent. Ce qui ne lui plaisait pas du tout. L'air de l'océan traversait la forêt. Michèle faisait peur, mais si l'on cherchait vraiment à se faire peur, il suffisait d'imaginer une rencontre entre les deux femmes. L'onde de choc. À qui pourrait-il faire croire qu'il était innocent aujourd'hui. On ne croyait plus personne depuis longtemps. D'ailleurs Edith lui avait déclaré un jour qu'elle ne l'avait jamais cru. Il y avait peu de chances qu'elle ait changé d'opinion depuis. Il la regretterait toujours, quoi qu'elle fasse, mais il ne se remettrait jamais avec elle, pour rien au monde. Hors de question. Si l'on ne tirait jamais aucune leçon d'une expérience passée, posséder un cerveau devenait franchement inutile.

La blessure d'Edith ne posait plus de problème particulier mais Georges tenait à s'en assurer et par là profiter du spectacle de sa patiente en petite tenue et être autorisé un instant à poser les mains sur elle avec l'air de ne pas y toucher, en rêvant d'un monde qu'il ne connaîtrait bientôt plus, à l'horizon de ses soixante-dix ans et d'une récente opération de la prostate.

Compréhensifs, ni Edith ni Luc ne songeaient à le priver de cette consultation innocente qu'il avait soin de ne pas faire traîner en longueur. Personne n'était dupe mais aucun d'eux n'avait l'intention de rendre le monde plus dur qu'il ne l'était.

Je me demande comment tu fais pour garder cette femme en cage, soupira Georges cependant qu'Edith ayant retrouvé l'usage d'un tapis de course F75 en location longue durée – un détail que Luc n'avait pas manqué de remarquer et qu'il ruminait encore avec inquiétude sans être plus avancé – entamait un parcours avec une inclinaison de 18 % à l'abri du garage d'où on l'entendait souffler.

Ce n'est pas moi qui la garde en cage, répondit Luc entre ses dents. Celui qui y parviendra n'est pas encore né.

Si rien ne la retient, peux-tu m'expliquer ce qu'elle fait ici, demanda Georges avec le regard brillant pendant que Luc le conduisait à sa voiture.

Non mais comment je le saurais, dis-moi, s'agaça Luc. Putain. Peut-être qu'elle n'en sait rien elle-même. Je ne sais pas pourquoi je dis peut-être. Bref, je te l'ai déjà dit. Tu ne m'écoutes pas. Nous ne vivons pas dans le même monde, avec les femmes. On a du mal à se comprendre. On n'a pas les mêmes buts. Il faudrait faire des efforts des deux côtés mais c'est pas demain la veille.

Georges ricana. Je me demande si tu n'étais pas plus intelligent quand tu étais gamin.

Luc posa la main sur le toit brûlant de la Bentley S1 qui roulait encore après toutes ces années. Il grimaça. En tout cas, je dois les attirer, grogna-t-il. Je vais bientôt croire que c'est une malédiction.

J'aimerais bien la connaître, cette Michèle. C'est un cas intéressant.

C'est Mister Hyde depuis ce matin. Une jeune femme pleine de vie, à présent méconnaissable. Encore un virus, tu crois.

Luc, je ne veux pas te rappeler de mauvais souvenirs, mais souviens-toi de cette terrible crise d'eczéma que tu nous as faite lorsque cette Mexicaine t'a largué. Tu ne t'en sortais pas mieux, il me semble. Tu as rechuté je ne sais combien de fois. Ton problème vient de là, d'ailleurs, dommage que tu ne veuilles rien entendre.

J'en ai fait un best-seller. Le problème est réglé.

En tout cas, fit Georges en s'installant au volant, le vent a tourné à l'ouest. Des orages se préparent. Sois prudent. J'espère te voir danser sous la pluie, c'est mon souhait. J'aimerais te voir accomplir ce que je n'ai pas accompli.

Luc ne répondit rien. Il gratta négligemment un insecte écrasé sur le pare-brise pour ne pas croiser le regard de Georges.

Lorsqu'il rentra, elle courait toujours. Le F75 avait beau compter parmi les tapis les plus silencieux du marché, avec son système d'amortisseurs actifs et sa surface de course à plusieurs épaisseurs, un tremblement sourd flottait dans toute la maison comme un cœur artificiel de première génération mal ventilé.

Estimant qu'elle en avait encore pour un bon moment, il s'installa devant une fenêtre avec un casque sur les oreilles. Mark Kozelek était le seul compagnon acceptable, indispensable, dans des moments de vague à l'âme, de solitude intense, et Luc savait ce qui l'attendait. Pas besoin d'aller aux nouvelles. Le transat était là, sous ses yeux, il était prêt, couvert d'une large serviette éponge. Elle avait disposé quelques flacons sur un guéridon en résine tressée, un assortiment de vernis à ongles ainsi qu'un roman de William Saroyan et un autre de Stephen Dixon qu'elle avait piqués dans sa bibliothèque. Il y avait un rideau, de son côté, qui le tenait à demi caché. Il n'allait pas y couper, il en avait mal par avance. L'enfilade de la véranda donnait plein ouest et certaines savaient profiter de cette disposition idéale pendant que le soleil se couchait ardemment derrière la pinède après avoir traîné en suspension au-dessus de l'océan. Dès qu'il entendrait la machine infernale s'arrêter, Luc entendrait Edith souffler. Deux ou trois minutes. Puis elle prendrait une douche froide. Elle se coifferait, elle se sécherait plus ou moins, s'enroulerait dans un paréo ou ce qui lui tomberait sous la main et il n'aurait plus qu'à se placer dans l'encoignure pendant qu'elle viendrait s'allonger sous ses yeux de l'autre côté du carreau. Une brise tiède ondulait dans la toile de lin opaque qu'il avait fixée en travers de la véranda au moyen d'une tringle pour qu'elle puisse prendre l'air le plus discrètement possible – il avait proposé de la camoufler avec des branchages mais elle avait perdu son sens de l'humour à l'armée.

Il l'entendit bondir de son tapis quand le moteur s'éteignit. Il se leva pour se servir un verre puis s'embusqua derrière une pliure du rideau alors qu'elle s'allongeait dans la lumière de fin d'après-midi sur son transat.

Il la connaissait par cœur mais il avait l'impression de ne plus savoir qui elle était vraiment depuis qu'ils cohabitaient derechef. Il aurait pu la reluquer durant des heures à présent pendant qu'elle jonglait avec ses huiles et ses crèmes et cela signifiait quelque chose. Il ne bandait pas pour rien. Il devait produire un effort terrible pour se remémorer les heures sombres, les coups bas, leur fin de course, histoire de calmer son ardeur.

Mais qu'y pouvait-il s'il la trouvait encore plus attirante que jamais. C'était stupéfiant. Il surveillait la météo en se levant le matin pour savoir comment il allait organiser sa journée afin de s'offrir cette séance où il pourrait se rincer l'œil à domicile, avec des lunettes de soleil et une casquette à visière enfoncée sur le crâne. Un peep-show gratuit, en somme. Il imaginait Edith s'enroulant telle une liane folle autour d'une barre en acier chromé.

Il se faisait du mal. En agissant de la sorte, il ne pouvait s'en prendre qu'à lui-même – et avaler un Coca pour calmer les remontées acides. Il était comme un adolescent devant une paire de baskets en vitrine et qui repart le cœur gros en shootant dans une boîte.

Il se faisait du mal mais la douleur demeurait supportable tant qu'il pouvait la voir, surtout lorsqu'elle prenait son bain de soleil aux trois quarts nue et qu'il restait aux premières loges pour jouir du spectacle réservé à l'eunuque béat dont il avait revêtu les hardes.

Il se résigna cependant cette fois à quitter son poste d'observation avant l'heure afin d'entretenir Edith sans attendre d'un sujet qui le contrariait. Lorsqu'il la rejoignit, elle hésita une seconde avant de se couvrir d'un geste las, sans commentaire, sinon qu'elle s'étonna de la casquette et des lunettes.

Tu les mets à l'intérieur, demanda-t-elle.

Ça dépend. Quand l'inspiration ne vient pas, que je tourne en rond. Mais qu'importe. Écoute. Je vais te raconter quelque chose. Parce que je ne veux pas de malentendus. C'est trois fois rien mais ça peut prendre de l'ampleur. Je préfère tuer la vipère dans l'œuf.

Bigre, fit-elle.

Il n'omit rien

Il n'omit rien. Il affirma qu'il n'avait pas mis la langue et l'avait à peine effleurée dans l'escalier quand ils avaient couché Marc. Et cette fille, tu lui aurais donné le bon Dieu sans confession, insista-t-il à plusieurs reprises. Les enfants l'adorent. La fille sans soucis.

Ça n'existe pas, une fille sans soucis. Être une fille est déjà un souci en soi, déclara Edith.

Machinalement, il s'était assis près d'elle, sur une fesse, pour la mettre au parfum et s'innocenter du même coup, montrer qu'il n'avait rien à cacher et déballait tout avant qu'on ne le lui demande. Il se releva à contrecœur. Elle croit que nous sommes toujours ensemble, ajouta-t-il sur un ton évasif.

Mais ça y ressemble, non.

Tu étais blessée, je t'ai hébergée, ça ne veut pas dire qu'on est en couple. Ça y ressemble seulement de loin. Mais elle croit ce qu'elle a envie de croire, alors qu'on ne partage que la maison.

Tu en as marre.

Non, pas du tout. J'avance bien en ce moment. J'ai envoyé quelques chapitres à Caro pour la faire patienter. J'avance bien. C'est la preuve. Je suis content de voir que ça peut se passer de cette manière. Il n'y avait rien d'évident.

Je n'ai pas eu le temps de me poser la question, dit-elle en rassemblant ses flacons dont les capuchons irradiaient entre ses mains. Le couchant était encore d'une vigueur surprenante mais la fraîcheur tombait plus vite. Mais c'est vrai, Luc, ce n'était pas évident. Tu aurais pu me flanquer dehors dès le premier jour. Je ne me suis même pas posé la question.

Il esquissa un aimable sourire. Il n'était pas mauvais qu'elle pense qu'il s'était bien comporté vis-à-vis d'elle, qu'il s'était montré à la hauteur de ce qu'une femme pouvait attendre d'un homme bien élevé. Il n'était pas inutile qu'elle le surestime un peu.

En fin d'après-midi, après avoir écrit une demi-douzaine de lignes, et comme il voulait sortir prendre l'air, il croisa Edith dans la cuisine qui l'invita à boire un verre pour le remercier de sa générosité. Elle avait préparé deux cocktails. Ce n'était pas interdit. C'était jouable. La véranda était classée terrain neutre et l'océan cliquetait au loin, derrière les arbres, tandis que le soir s'installait, que des lumières brillaient aux fenêtres.

Edith semblait parfaitement détendue. Il y avait de quoi, se disait Luc, l'atmosphère, la clarté des rapports qu'ils entretenaient avec une certaine constance, le calme qui régnait entre eux, voilà qui devait la changer des missions coups de poing qu'elle menait, le couteau entre les dents, avec sa bande de commandos, elle avait de quoi se sentir détendue. Et visiblement, ce n'était pas Michèle, ce petit moustique à l'horizon, qui lui causait le moindre souci.

Elle leva son verre à l'occasion de cette résolution qu'ils avaient prise, à savoir de s'accommoder de cette situation, de la poursuivre sans en parler davantage, ni fixer une date. Il ne tarda pas à lever le sien, sans y croire vraiment, à peu près sûr de savoir comment tout cela allait se terminer mais pas sûr à cent pour cent. En tout cas, il n'avait plus la force de la flanquer dehors. Elle écoutait de la bonne musique et lisait de bons livres. Ça faisait réfléchir à deux fois.

Au moment où le soleil se couchait, elle s'étira en poussant un soupir à faire dresser les plumes de tous les oiseaux mâles des environs, et déclara qu'elle avait envie de faire un tour en voiture en longeant l'océan, elle en avait besoin.

Ce trajet, Luc l'avait parcouru des centaines de fois depuis qu'il s'était tenu comme un grand sur ses deux jambes, puis à vélo avec des copains, puis en scoot, puis en voiture, il en connaissait la plus petite dénivellation, la moindre courbure, il connaissait les plantes, il avait vu les arbres pousser, il aurait fait ce trajet les yeux bandés, par n'importe quel temps, mais ça ne l'ennuyait jamais d'entreprendre cette balade, il était même le premier à la proposer, encore aujourd'hui, enfin avec des gens triés sur le volet.

Il sortit le premier cependant qu'elle s'habillait. Il leva les yeux vers la lune étincelante puis inspecta discrètement les environs. Tout était tranquille, il faisait encore doux. Le moment idéal. Un soir limpide et silencieux. Il fixa quelques secondes la maison de Marc. Il ne sentit rien. Il entendit une chouette. Il fit signe à Edith que la voie était libre, enfin à son avis.

Il hésita un instant à décapoter car c'était une vraie merde, un vieux système qui menaçait de rendre l'âme et grinçait effroyablement dès lors qu'on le sollicitait. Il regarda Edith qui s'était installée à ses côtés et qui connaissait le problème. Il tenta le coup. Elle se mit à sourire quand le ciel se dévoila par tranches au-dessus de leurs têtes, ignorant les sifflements de la ferraille qui ruait dans un dernier effort pour se replier. Une bonne voiture, en dehors de ça.

Depuis qu'ils avaient construit l'autoroute, élargi la nationale, il n'y avait plus grand monde pour emprunter la route de l'océan, la chaussée n'était plus en très bon état et ne desservait plus que de riches propriétés dont les habitants se gardaient bien d'engager les moindres frais pour sa rénovation. La tranquillité était à ce prix. Les nids-de-poule, une bénédiction. Il y en avait une, d'un style néogothique flamboyant, achetée par un Russe qu'on ne voyait jamais et qui avait ajouté une annexe pour ses Lamborghini Aventador, une autre abritait un cabinet d'architectes navals, et plus loin un couturier avec son manoir et son kiosque à musique, et chacune avait son accès direct à l'océan.

Edith déclara qu'ils avaient accosté à la nuit tombée, avec la marée montante, une nuit blême, six commandos, une cible importante, mais tout avait foiré.

En fait, vous ratez souvent vos cibles, remarqua Luc.

Pas plus que d'autres, se rembrunit-elle. On nous attendait, cette fois. Nous aurions pu tous y passer.

Elle demanda à Luc de ralentir tandis qu'elle lui indiquait une maison de maître – à l'entendre, le siège d'un consulat pourri d'un pays pourri qu'elle négligea d'identifier –, une imposante bâtisse qu'on sentait solide, dans le style des pays de l'Est, flanquée en contrebas d'un appontement couvert et d'un hangar à bateaux. On devinait des caméras dans chaque fourré. Aucune lumière aux fenêtres, aucune trace de vie alentour. C'est là, on sortait à peine de l'eau, dit-elle dans un souffle, et même si le clair de lune envenimait un peu les choses, il la trouva pâle comme une morte – sa nouvelle teinture d'un noir de jais n'arrangeait rien. Il roulait au pas, il s'arrêta pour la dévisager.

On n'a pas pu entrer, poursuivit-elle.

Il n'en revenait pas. De vérifier une fois de plus à quel point il n'y avait que ça qui importait pour elle. Se remettre à l'ouvrage, ce genre d'idée fixe. Ses maudites missions. Elle aurait pu en parler pendant dix ans. Durant un court moment, prenant conscience de l'image qu'elle lui renvoyait, elle se mordilla la lèvre, mais il était trop tard pour nier l'évidence. Ça n'aurait servi à rien. Lui-même ne chercha pas à épiloguer sur un sujet à propos duquel ils s'étaient régulièrement écharpés au soir de leur vie commune, quand Edith le renvoyait à ses bouquins.

Il avait déjà eu envie d'elle pendant ce trajet. Ils avaient dû s'arrêter il ne savait plus combien de fois durant la même balade autrefois, ils avaient dû s'enfoncer dans les fourrés pour niquer de toute urgence ou basculer sur la banquette arrière de cette voiture à la capote grincheuse et avec des sièges en tissu qu'il fallait régulièrement passer à la brosse en chiendent. Il y avait vraiment de bons souvenirs sur cette route, ils en avaient semé par poignées – presque jusqu'à la fin, il y avait eu des éclaircies. Il en avait le sourire aux lèvres en y repensant. Et pendant ce temps, à ses côtés, Edith ne se trouvait pas sur la même longueur d'onde. Elle ne voulait pas partager la douceur tiède qu'il sentait s'installer en lui, non, elle restait enfermée dans ses histoires de merde, elle ne lâchait rien.

Luc, dit-elle, le tirant de sa courte rêverie en lui touchant l'épaule, Luc, je ne vais pas en avoir pour longtemps. Attends-moi. Sinon, rentre, je me débrouillerai.

Premier contact, pensa-t-il avant tout. Cette main refermée sur son épaule, le premier vrai contact physique entre les deux. Il s'y arrêta un instant. Puis il lui demanda si elle n'était pas un peu cinglée.

Il n'y a personne. Ça ne sera pas long.

Retire ta main de mon épaule. Non mais c'est une blague, dis-moi.

Non, il faut que je vérifie quelque chose.

L'intérêt de tourner autour

L'intérêt de tourner autour d'une personne qu'on a déjà baisée, adorée, haïe tient tout entier dans le simple fait qu'on n'est jamais trop surpris. On est préparé. Si l'on sait par avance, se disait-il, qu'une femme est tout à fait azimutée, on ne dit rien, on ne va pas se plaindre, on sait qu'on était prévenu et on agit en connaissance de cause.

En tendant l'oreille, on entendait le crissement léger du ressac et comme une respiration en provenance des pins au moindre souffle.

Edith, c'est une propriété privée, bordel de Dieu, fit-il entre ses dents en s'extrayant de la voiture à son tour.

Je sais, je ne suis pas aveugle.

Écoute, je ne peux pas me permettre de finir en taule au milieu d'un roman. Tu crois que je vis d'amour et d'eau fraîche, peut-être.

Des corneilles qui passaient au-dessus de leurs têtes éclatèrent d'un rire lugubre en entendant ça. Elles avaient raison, il valait mieux en rire.

Elle soupira. Luc, tu es avec moi. Tu ne vas pas finir en prison.

Qu'aurait-il pu lui répondre. Qu'aurait-il pu lui opposer. Il n'avait pas eu trop de mal à faire exploser leur couple. Il y avait matière à se quereller. Tout ça avait fini sur un Post-it, rose bonbon autant qu'il s'en souvienne. Il la suivit à travers les fourrés qui longeaient la clôture, sans bien savoir ce qu'il faisait, sans pouvoir analyser la force qui l'entraînait à la suite de cette femme – comme s'il avait mis le pied dans une secte.

Sur le chemin du retour, un bon moment plus tard, ils n'échangèrent pas un seul mot. Ils n'écoutèrent pas de musique, évitèrent de se regarder. Luc avait les pommettes rouges et luisantes. Sur les conseils d'Edith, il roula quelques minutes tous feux éteints. Avec le clair de lune, on y voyait comme en plein jour mais il n'avait aucune envie de lui adresser la parole. Elle lui aurait demandé de rouler en coupant le moteur ou quelque autre idiotie du genre, il l'aurait fait. Sans desserrer les dents – faute de quoi il se serait mis à hurler.

Elle se tenait le côté, l'air soucieux. Elle n'avait pu éviter de prendre un coup en maîtrisant le gars et, bien que Luc s'inquiétait de cette blessure dont elle se remettait tout juste et qui pouvait se rouvrir, il trouvait qu'elle ne l'avait pas volé. Il était furieux contre elle, de penser dans quoi elle l'avait embarqué. Elle pouvait bien souffrir un peu. La lune flottait sur l'océan et son éclat venait taper jusque dans l'œil de Luc cependant qu'il ruminait.

Malgré l'urgence, il fallait qu'il réfléchisse. Le type n'allait pas mourir dans la minute, même si saigner des oreilles n'était pas bon signe. Aussitôt arrivé, il ne s'occupa pas d'Edith, il sortit promptement de la voiture et se dirigea vers le coffre arrière. Par chance, la nuit était bien avancée, quelques nuages traversaient le ciel et assombrissaient un peu les environs. Il fallait qu'il réfléchisse. Il s'apprêtait à ouvrir le coffre, puis il se ravisa. Il n'avait pas envie de voir ce qu'il allait voir. Il respira une bonne fois, ferma le coffre à clé, doubla Edith sans la regarder, sans lui laisser le temps d'ouvrir la bouche et il grimpa directement dans sa chambre. Il se sentait sale. D'ailleurs, d'un point de vue vestimentaire, il ne payait pas de mine. Il jeta toutes ses affaires dans un coin et s'enferma sous la douche. Il était presque minuit.

En combien de temps Edith avait-elle renversé le décor, chamboulé le cours normal de leur vie. La réponse à cette question était stupéfiante. En un clin d'œil, voilà la réponse. Elle avait balayé tout ça en un clin d'œil. Elle n'avait pas loupé son coup. Il y avait encore des abrutis qui traînaient en parlant du sexe faible. Le type dans le coffre pesait plus de cent kilos, à vue de nez.

Après une bonne douche froide, il se détendit. Un instant, il fit jouer ses cervicales puis il s'inspecta dans le miroir. Sa joue lui cuisait, sa mâchoire était endolorie. Il se changea.

Le voyant arriver dans le salon, Edith mit fin à la conversation qu'elle tenait à voix basse et fit disparaître l'appareil dans sa poche. Il se servit un verre. Il le vida d'un trait. Elle ne le quittait pas des yeux. Le jeu était à qui romprait le silence le premier.

J'appelle Georges, dit-il.

Elle secoua la tête. Ne l'embête pas avec ça. Nous n'avons pas besoin d'un docteur. Luc, regarde-moi, on agit vite, on ne laisse pas de traces. On n'organise pas de funérailles. On éteint la lumière en sortant. C'est tout.

Il en resta bouche bée.

J'adore cette image, grimaça-t-il. On éteint la lumière en sortant. C'est lamentable. C'est du niveau on se lave les mains du reste.

Ne dis pas ça. Je ne m'en lave pas les mains. Mais ce type nous est tombé dessus et maintenant il est mort. C'est regrettable, je ne vais pas pleurer. Je préfère que ce soit lui plutôt que toi ou moi, désolée. Il n'aurait pas hésité. Si tu ne l'as pas senti, c'est grave.

En tout cas, il y a un type à moitié mort dans le coffre de ma voiture. Ça n'a pas l'air de t'inquiéter.

Je vais m'en occuper. Il n'est pas à moitié mort, il est tout à fait mort. J'ai entendu ses os craquer sur le ciment. Je vais m'en occuper. Tu n'aurais pas une bâche, par hasard.

Il acquiesça lentement, sans la quitter des yeux.

J'ai du papier bulle. On pourrait le rouler dedans.

Parfait, ça ira très bien. Luc, je n'ai pas eu l'occasion de te le dire mais tu as vraiment assuré. Ce type me donnait du fil à retordre et tu ne m'as pas déçue. J'ai apprécié que tu lui arraches son arme. Tu as dû lire dans mes pensées.

Je n'ai jamais réussi à lire dans tes pensées.

Bien sûr. Enfin en tout cas je te remercie. Et je te demande pardon de t'avoir entraîné dans mes histoires. Je n'en suis pas très fière. Mais ça m'a démangée lorsque nous avons longé les grilles, je ne me suis pas posé la question. Je ne pensais pas que tu me suivrais, d'ailleurs.

Ça s'est passé trop vite. Je ne comprenais pas ce que j'étais en train de vivre, je ne savais pas ce que je faisais.

Très bien. Mais Luc, regarde l'heure, on va le faire maintenant, on discutera plus tard, après on n'aura plus le courage.

J'aime pas trop ce qu'on fait, là.

Je n'ai jamais dit que c'était bien.

Aller balancer le corps d'un type en pleine nuit dans une décharge sauvage. Si on n'est pas maudit après ça, on le sera jamais.

Oh arrête. Enfin bon, donne-moi les clés. Tu en as assez fait pour aujourd'hui, je comprends très bien.

Je te dirai quand je serai arrivé au bout. Maintenant, allons-y. Advienne que pourra.

Ils ressortirent et ils empaquetèrent le gars qui ne respirait plus, effectivement. Ainsi Georges n'aurait-il été d'aucun secours. La lune brillait de nouveau, vibrait dans la rosée.

Le mieux, c'est la mine abandonnée, dit-elle.

Elle avait raison, bien sûr. Il n'y avait pas de meilleur endroit à des kilomètres à la ronde pour se débarrasser d'un corps – là où d'autres avaient déjà bazardé leur machine à laver, leur congélo, leur aspirateur, leur canapé pourri, etc. Il ne restait de la mine inondée qu'un large plan d'eau circulaire, d'un bleu vert étincelant, qui miroitait au pied d'un escarpement couvert de chênes et de broussailles épineuses. Des morceaux de ferraille finissaient de rouiller dans les hautes herbes et les joncs, de vieilles excavatrices, des barres de soutènement tordues, des madriers, des tuyaux qu'on avait laissés là. À cette heure, les lieux étaient sinistres, sans âme qui vive. L'endroit idéal pour accomplir leur détestable besogne.

Avant de descendre, il grimaça.

Quelques petites bulles éclataient dans le silence de la nuit lorsqu'ils tirèrent le gars hors du coffre. L'air sentait bon. Cette mine était abandonnée depuis des lustres, il ne l'avait jamais connue autrement aussi loin que sa mémoire remontait mais c'était là qu'il avait fumé sa première cigarette, peloté sa première fille, bref, autant de choses qui comptaient vraiment dans la vie d'un homme, si bien qu'il entretenait avec l'endroit un lien particulier et il se sentait désolé de venir ici avec un cadavre sur les bras. C'était comme d'entrer chez un ami avec des godasses pleines de boue.

Il trouva un morceau de poutrelle métallique qui fit l'affaire pour lester le vigile avant de le balancer par-dessus bord.

C'est la dernière fois que je fais ça, jura-t-il tandis qu'Edith examinait le gars de plus près.

Ce n'est pas un simple vigile, déclara-t-elle. C'est un militaire, un type de l'autre camp. Je comprends mieux maintenant pourquoi nous en avons bavé, toi et moi. Heureusement que nous étions deux. On retrouve ces types aux Jeux olympiques, dans certaines disciplines, leur sourire glacé pendant l'hymne de leur pays. Franchement c'est un miracle qu'il se soit cassé le cou en tombant dans l'escalier. Je commençais à ne plus y croire.

Peu enclin à y passer la nuit, Luc accéléra le mouvement et ils eurent bientôt fini de ficeler le mort avec sa poutrelle et de le traîner jusqu'à la corniche qui surplombait le plan d'eau. Ils soufflèrent une minute. On aurait dit l'eau bleue d'une piscine, presque luminescente. On n'en voyait pas le fond.

Le cadavre coula à pic. Ils le suivirent un instant des yeux, cependant qu'une dernière ride s'évanouissait à la surface, qu'un silence de plomb reprenait ses droits. Ils se redressèrent, échangèrent un rapide regard, puis ils s'époussetèrent et retournèrent à la voiture. C'est donc ainsi, se disait Luc, c'est donc aussi simple que ça. Tueur à gages est à la portée de toutes les mains.

Lorsqu'il se gara, il coupa le contact et resta un instant assis, les mains sur le volant, le regard fixé droit devant lui sur l'obscurité, ce qui n'avait rien de très captivant mais lui apparaissait comme le point final de cette équipée hallucinante qui avait commencé un peu plus tôt en fin d'après-midi, dans la bonne humeur et sous un soleil radieux, et venait de se terminer au milieu de la nuit après un combat à mort et un détour par la mine dont ils avaient souillé l'image. S'il n'avait pas rêvé, il pouvait marquer cette journée d'une pierre blanche. Et fermer la parenthèse.

Edith était occupée à passer l'un de ses coups de fil secret-défense – le front baissé, une main sur la bouche – quand il pendit son blouson dans l'entrée. Elle leva brièvement les yeux sur lui, sentant qu'il l'observait.

Le trouble, des deux côtés, provenait de ces messages silencieux qu'ils échangeaient sans être sûrs de bien savoir les interpréter. De ce point de vue, les choses ne s'étaient pas arrangées. Ils semblaient n'avoir tiré aucune leçon de leur ancienne vie de couple.

Elle lui fit signe de rester, de ne pas monter aussitôt dans sa chambre – ce qu'il comptait faire, justement, dans l'espoir d'arracher quelques lignes supplémentaires à ce bouquin qu'il était en train d'écrire et que personne n'attendait, en dehors d'une bande de chiens enragés qui fourbissaient déjà leurs armes. Quelques étoiles avaient remplacé la lune qui avait disparu derrière les arbres comme une hostie dans une barbe luisante et touffue. Elle répétait oui commandant, bien commandant, merci commandant. On aurait dit un perroquet. Il ouvrit la fenêtre. Le vent tournait.

L'air du large rabattait une odeur de vase en provenance des îlots marécageux qui bordaient l'estuaire. Il referma, de guerre lasse.

Seigneur, elle m'a saoulée, soupira Edith dans son dos. Sers-moi un verre, malgré tout. Je sais qu'elle a raison et je n'ai pas fini d'en entendre parler, mais ils ont authentifié la photo que j'ai envoyée, c'est bien un commando, et elle a admis, enfin du bout des lèvres, mais je sais qu'elle m'aime bien, elle a admis qu'il faudrait tirer cette histoire au clair.

Quelle histoire. De quoi tu parles.

On a fait ce qu'il fallait. J'ai eu son absolution. En tout cas, ce gars n'avait rien à faire là et en dehors de toi, tout le monde trouve ça bizarre. Aucun pays n'envoie ses forces spéciales à tort et à travers. Quand ils se bougent, il faut se demander pourquoi.

Tu as raison, c'est bizarre, concéda Luc. Très troublant. Je sens que ce problème n'a pas fini de me turlupiner.

Il tira des séries de quinze flèches

Il tira des séries de quinze flèches à quarante secondes d'intervalle, de bon matin, à la fraîche, dans la paille qui produisait un bruit sec et un infime nuage de poussière dont les particules voletaient un instant à chaque impact. C'était Gilbert, le mari de Caroline, son éditrice, qui l'avait initié au tir à l'arc, poussé à s'inscrire dans un club, à progresser, et Luc lui en était reconnaissant.

Commencer la journée par quelques volées de flèches permettait de voir venir, de s'aguerrir, mais jusque-là le calme régnait. Ces derniers jours, et suite aux fermes recommandations de Georges, Edith s'était tenue tranquille car sa blessure s'était rouverte après le coup qu'elle avait reçu et Georges ne rigolait plus – il s'en était d'ailleurs pris à Luc qui la suivait dans des histoires pareilles au lieu de l'en dissuader. Parce que tu crois qu'elle m'écouterait, avait ricané Luc. Tu crois que j'ai du temps à perdre.

Pendant deux jours, elle était restée plongée dans *Le Vagabond des étoiles,* profitant de l'arrière-saison comme une touriste aux bains de mer, les doigts de pied en éventail, parfois abandonnée, somnolente, avant de reprendre sa lecture le sourire aux lèvres. L'anticyclone se maintenait. Rien ne bougeait. Par superstition, par crainte de réveiller l'eau qui dort, il n'osait lui demander des nouvelles concernant les suites de leur aventure, si l'armée se remuait ou si l'affaire était enterrée une fois pour toutes – il se contentait de croiser les doigts.

Cette sensation de temps suspendu, de relâche, n'était pas due au seul comportement indolent d'Edith, pas plus qu'au ciel dégagé, d'un bleu vif, sans relief, qu'à la température de l'air. Ce sentiment d'arrêt dans le cours du temps provenait aussi de l'absence de réaction de leurs voisins d'en face depuis que Michèle faisait une fixation sur lui. Or, il semblait que rien d'inhabituel ni d'anormal ne se passait chez Marc, les portes n'avaient pas claqué, la vaisselle n'avait pas volé en éclats, il n'y avait pas eu le feu.

Edith l'avait remarqué, elle aussi. Pas de nouvelles de ta copine, lui avait-elle lancé la veille, le surprenant pensif en train de considérer la maison de Marc de l'autre côté de la route, sa façade muette devant laquelle Paul, imperturbable, allait et venait sur son kart à pédales.

Mon charme n'opère plus comme avant, avait-il répondu. Mais tant mieux. Elle m'avait fait mauvaise impression.

Et si nous les invitions un soir à dîner, avait lâché Edith de but en blanc.

Vivre avec une femme n'est pas de tout repos, songea-t-il, mais au moins on ne s'ennuie pas. Et de fil en aiguille, la soirée était arrivée.

Michèle avait apporté des fleurs. Des blanches et des rouges. Mais il ne fallait pas chercher à interpréter le moindre signe, sinon à partir sur de mauvaises bases et mieux valait ne pas commencer par danser sur un tapis d'étoupe.

Dès que le soir s'était mis à tomber, Luc avait senti poindre une certaine anxiété à mesure que l'heure de la rencontre approchait. Non qu'il craignît une sorte d'échauffourée si le ton montait entre les convives, mais quelques mots mal choisis, quelques allusions glissées dans la conversation, quelques regards torves pouvaient suffire à engendrer de mauvaises vibrations avec lesquelles il faudrait apprendre à vivre pendant un certain temps, voire davantage, et le bon voisinage, de nos jours, est un rare et précieux trésor, une bénédiction qu'il convient de préserver à tout prix, le plus longtemps possible.

Il se tenait prêt à marcher sur des œufs. Écrire un livre, dans ces conditions, relevait du tour de force. Quand on sonna à la porte, il se racla la gorge avant d'aller ouvrir. Michèle avait apporté des fleurs, donc. En tout cas, ils faisaient une drôle de tête sur le pas de la porte. Surtout Michèle qui avait les poignets bandés.

On vous fait pas de dessin, déclara Marc cependant que Michèle baissait les yeux en tendant son bouquet à Edith qui l'embrassa avec élan sur les deux joues.

Sans doute avait-il oublié que l'on pouvait faire confiance à Edith pour évaluer une situation dans la seconde et prendre aussitôt les choses en main. Il comprit qu'il avait eu tort de s'inquiéter quand il la vit passer un bras autour de la taille de Michèle en annonçant qu'il s'agissait de ses fleurs préférées. À la suite de quoi il fallut trouver un vase, et peut-être un peu couper les tiges, et elle entraîna Michèle à la cuisine pendant que Luc attrapait deux bières et proposait à Marc d'aller sur la véranda pour écouter ce qu'il avait à dire.

Ah putain, fit Marc en gémissant.

Il hocha tristement la tête et se désaltéra, faute de mieux. Je ne sais pas ce qu'elle a, reprit-il.

Heureusement que ton père est arrivé en vitesse. La salle de bains était pleine de sang. Je peux à peine y croire.

Merde, grimaça Luc. Ça fait froid dans le dos.

On dirait qu'on l'a foudroyée. Du jour au lendemain, elle a cessé de manger, elle a tout cessé d'ailleurs, oui, et voilà où ça l'a menée. Mais ça va mieux, elle va mieux. Alors qu'elle était toujours joyeuse, toujours de bonne humeur. Je n'y comprends rien. Et elle refuse d'en parler, rien, pas un mot. Tu sais, je suis à genoux.

Ils échangèrent un signe fataliste avec leurs bouteilles de bière à la main. L'air embaumait d'une fraîcheur douce qui aidait à avaler la pilule mais Luc ne put s'empêcher de grimacer intérieurement en pensant à la fin de non-recevoir qu'il avait opposée à Michèle et à la tentative de suicide de celle-ci. Depuis peu, il savait que cette fille était dingue. Il espérait se tromper mais ce qu'il venait d'apprendre ne laissait guère de place au doute. Alors qu'il ne voulait surtout pas être mêlé à cette histoire, pas plus qu'il n'avait voulu être mêlé à celle où l'avait embarqué Edith. Il était doublement servi. Il proposa à Marc d'abandonner la bière pour quelque chose de plus sérieux qu'il avait préparé pour détendre l'atmosphère, deux tiers tequila un tiers Cointreau un citron pressé.

Et par-dessus le marché, soupira Marc en prenant son verre, l'étau se resserre avec Iris. Tu vois comme ça tombe bien. Je crois qu'elle a pris un détective. J'ai vu un type qui faisait des photos. De la maison. Je ne sais pas. Enfin tu vois le champ de ronces que je traverse.

Luc hocha la tête en passant la langue sur le sel collé à la bordure de son verre. Et sinon, concernant Michèle, Georges, il dit quoi.

Il veut la revoir. C'est tout ce qu'il a dit. Qu'il voulait la revoir.

Fais-lui confiance, déclara Luc. Il connaît bien les femmes. Il a tué la sienne. À petit feu, précisa-t-il en servant des margaritas pour les deux femmes qui sortaient de la cuisine avec les fleurs. Puis ils passèrent à table.

Edith et lui soufflèrent lorsque leurs hôtes prirent congé et s'éloignèrent dans la nuit noire, les épaules voûtées. Certes, les joues de Michèle avaient de nouveau rosi vers la fin mais cela n'avait pas suffi à animer une soirée qui avait traîné en longueur en dépit des efforts d'Edith pour meubler la conversation, variant les sujets que Luc tâchait de reprendre à la volée sans trop y croire. Si Michèle avait prononcé quelques mots ici ou là, si elle avait mangé du bout des lèvres et levé les yeux de son assiette une demi-douzaine de fois, c'était le bout du monde, mais elle avait trouvé le moyen de fixer Luc dans le blanc des yeux à différentes reprises, avec une intensité décuplée et presque glorieuse qui avait obligé celui-ci à détourner le regard avant que ça ne devienne suspect pour les autres et intolérable pour lui-même.

Je crois que cette fille a vraiment un grain, annonça-t-il en leur faisant signe de la main comme ils arrivaient devant chez eux. Cette façon qu'elle avait de me dévisager, tu as vu ça. Super gênant pour moi. Je dois lui rappeler quelqu'un, je ne sais pas.

En tout cas tu lui plais, avança Edith.

Ça, je sais. Mais c'est quand même pas une raison.

Ils avaient encore tout à ranger, la table à débarrasser, la cuisine. Il n'était pourtant pas tard mais ils échangèrent un coup d'œil épuisé avant de commencer. S'appropriant une margarita tiédasse abandonnée par l'un d'eux, Luc resta seul un court moment sur la véranda, en butte aux différents scénarios calamiteux auxquels il aurait à faire face et dont Michèle était le dernier, et non le plus négligeable, avatar en date.

Ça porte un nom, déclara Edith en revenant de la cuisine pour s'occuper des couverts. J'en ai parlé avec Georges dans l'après-midi et je partage son opinion. Michèle est une érotomane.

C'est tout à fait clair pour moi. Elle pense que tu éprouves la même passion pour elle mais que tu n'oses pas te l'avouer.

Il l'aida à rassembler les couverts. Je ne sais pas jusqu'à quel point on doit s'inquiéter, dit-il. J'espère qu'elle voit un psy. Georges n'est pas un psy, jusqu'à preuve du contraire.

S'il précisait cela, c'était surtout parce qu'il ne tenait pas à ce que Georges prenne une place plus importante dans sa vie. Il empiétait assez déjà en s'occupant d'Edith et voilà qu'il allait s'occuper de Michèle maintenant, et qu'il allait pouvoir encore se mêler de tout, plus que jamais. Luc se disait qu'il était trop faible avec lui. Il n'allait pas défendre sa mère qui n'avait pas donné l'exemple, mais Georges s'était montré sans pitié et n'avait jamais levé le petit doigt pour elle. Avec le temps, Luc aurait bien pu couper les ponts et les renvoyer dos à dos – bien que sa mère ne fût plus là pour se défendre –, mais il avait baissé les bras et son père était revenu par la petite porte, était rentré sans bruit et avait regagné sa place.

Il suivit Edith des yeux tandis qu'elle montait se coucher. C'était bien qu'elle soit là. Malgré tout.

Le lendemain, deux types arrivèrent dans une camionnette de la compagnie d'électricité. Ils se garèrent en bas de chez Luc et tandis que l'un d'eux, pourvu d'un casque orange et d'un bleu de travail à bandes réfléchissantes, escaladait un poteau téléphonique, l'autre pénétrait dans le jardin de Luc avec une batterie de tournevis et autres accrochée à la ceinture.

Luc, c'est pour moi, fit Edith dans son dos, alors qu'il s'avançait pour accueillir le gars.

Elle profita de la seconde où il restait interdit pour faire entrer le gaillard. Une fois à l'intérieur, ils s'étreignirent. Elle lui sauta au cou pendant qu'il la serrait dans ses bras.

Luc regarda l'autre gars qui semblait occupé à résoudre un problème insoluble devant un boîtier d'alimentation ouvert. De longs nuages blancs glissaient derrière lui.

Luc se secoua et s'en alla tirer quelques volées de flèches dans le fond du jardin, mais il avait l'esprit ailleurs.

Au moins, elle était ravie. Elle commençait à avoir des fourmis dans les jambes, se justifia-t-elle. Il se dit qu'elle avait déjà des étoiles dans les yeux. Quoi qu'il en soit, il fallait s'y attendre. Non pas que ça plaisait à Luc, loin de là, ils s'entendaient plutôt bien quand ils le voulaient, ils s'appréciaient, mais il ne voyait pas d'issue sur le long terme, il ne distinguait aucune lueur, de quelque côté qu'il se tournait. Parfois on croit avancer, se disait-il, alors qu'on piétine au même endroit dans la boue.

Edith, je crois que tu sais, néanmoins, que tu n'es pas en état de pratiquer un exercice violent avec ta blessure, tu le sais, n'est-ce pas. Ce ne serait pas très malin de ta part. Georges en aura peut-être assez de te rafistoler.

On va rester à distance. On va les surveiller de loin.

Fais ce que tu veux. Je ne vais pas te retenir, je ne vais même pas essayer. Tu as pris un drôle de chemin et tu dois penser que moi aussi. Il y a longtemps qu'on s'en est rendu compte.

Elle faillit répondre puis se reprit. Elle lui toucha brièvement la main et se leva avec un air de duchesse chagrinée.

Elle n'était déjà plus là lorsque Georges arriva un peu plus tard. La poussière de la camionnette où Edith s'était embarquée tête baissée était à peine retombée que la Bentley se rangeait en bas de chez Luc, qui était dans son jardin à ratisser des feuilles mortes en songeant à Edith avec ses deux acolytes partis rôder par là-bas avec leur matériel de surveillance, leur petit frigo, leurs petits WC.

Je lui ai dit, je lui ai redit et répété, s'impatienta Luc. Je l'ai prévenue que tu allais finir par te lasser, que tu ne voudrais plus t'occuper d'elle si elle faisait n'importe quoi.

Elle est chiante, soupira Georges. La prochaine fois, je l'envoie à l'hôpital militaire, si c'est ça. Tu peux lui passer le message. Fiche-lui un peu la trouille.

Je te laisse le faire toi-même. Je préfère.

Ça ne va pas, entre Edith et toi.

Ça allait jusqu'à ce matin. Et ça va encore, mais je vais te le dire, elle rayonnait, elle se mordait les joues pour le cacher mais elle était heureuse de remettre ça. Que je sois content ou pas, elle s'en fichait. Elle a carrément bondi dans la camionnette, et là j'ai trouvé qu'elle aurait pu tempérer son enthousiasme, par égard pour moi. Ça m'aurait semblé plus adapté.

Georges considéra son fils puis gagna l'ombre de la véranda où il s'installa pour rédiger une ordonnance. C'est pour sa pilule, fit Georges en écrivant. Je lui en mets pour six mois. Tu pourras t'en occuper, non.

Luc empocha l'ordonnance avec une moue qui traduisait son peu d'intérêt pour la méthode de contraception d'Edith – à un moment où sur ce point il n'était même plus dans la course. Et ce n'était pas l'envie qui lui manquait. Se rincer l'œil, quelquefois, ce qui était sans doute le seul avantage de la cohabitation, ne lui suffisait plus.

Il avait envie de la toucher, de renifler son odeur, etc., toutes choses auxquelles il devait désormais renoncer, ça ne faisait aucun doute, sinon aucune chance de salut. Le tableau était désespérant. Et le supplice de Tantale n'était rien comparé à la restriction qu'il s'imposait jour après jour avec une désolante abnégation.

Un vol en V d'oies cendrées traversa le ciel en piaillant.

Bon, Luc, est-ce que tu m'écoutes. Parce que c'est quand même un problème. Je me suis renseigné et je lui ai longuement parlé. C'est assez fascinant. Elle n'est pas folle, mais c'est peut-être encore pire. Elle cache très bien son jeu. Son suicide je n'y crois pas, elle t'a juste envoyé un message très clair. En s'ouvrant les veines, elle avance un nouveau pion, elle fixe la barre un peu plus haut. Est-ce que tu me suis.

Luc plissa des yeux et se frotta le menton. Il demanda si Marc était au courant et Georges lui répondit qu'il n'avait pas jugé utile d'entrer dans les détails. Il peut aider mais il peut aussi tout foutre en l'air en se retournant contre toi. Ce n'est pas d'hier qu'elle te piste. Il pourrait ne pas l'apprécier.

Mais cette fille, elle plaisante, non, je la connais à peine.

Mais elle, elle te connaît, ça lui suffit. Elle m'a dit qu'elle t'avait rencontré dans une librairie où tu signais ton dernier livre, il y a cinq ou six ans, et que vous aviez eu le coup de foudre tous les deux.

Mais bien sûr, rétorqua Luc en balayant la remarque d'un geste las. Le coup de foudre. Mais bien sûr.

Il comprenait sans mal que vrai ou faux, ça ne changeait rien. Et Georges le savait aussi.

La visite de son père l'avait brutalement interrompu dans son travail, mais après le départ de celui-ci Luc jugea inutile de s'y remettre. Il n'avait plus envie. Trop de choses en tête, qui n'avaient rien à voir avec l'écriture du roman. Et puis cette impression d'habiter une maison vide, qui ne résonnait plus d'aucune présence, ça ne donnait pas envie. Un instant, il fut sur le point de revenir sur le visa longue durée qu'il avait accordé à Edith et de fixer une date pour son départ. Ce n'était pas un hôtel, ici. Ni un arrêt de bus. Et ce n'était pas censé le devenir, rumina-t-il jusqu'en fin d'après-midi.

Le soir tombait lorsqu'il décida qu'un aller et retour en ville l'aiderait à trouver le temps moins long et qu'il cesserait de se demander bêtement, encore et encore, ce que fabriquait Edith depuis qu'elle avait repris le mors aux dents. Depuis exactement une douzaine d'heures. Sans donner aucune nouvelle.

Il passa lui acheter ses pilules – afin qu'elle puisse baiser avec un autre sans trop de problèmes –, et il s'arrêta un moment au Calypso pour boire un verre. En début de soirée, comme c'était le cas en l'occurrence, le public était encore clairsemé et Serge, qui arborait cette fois une chemise lie-de-vin à jabot, ne tarda pas à faire le tour du bar en personne pour le servir.

Est-ce que ton amie s'est enfin calmée, demanda-t-il à Luc en remplissant son verre.

Laquelle.

À ton avis.

En une seconde, Luc imagina toute la séquence. Il n'avait pas besoin de connaître les détails mais Serge racontait déjà l'épisode où Michèle avait plus ou moins cassé la gueule d'une autre fille qui le détestait en tant qu'écrivain, une vraie furie, ta copine.

Luc l'écouta jusqu'au bout en buvant son gin. Sauf que c'est faux, rétorqua-t-il à Serge, cette fille n'est pas mon amie. C'est une dingue. Une érotomane, si tu préfères. J'appelle pas ça une amie. Renseigne-toi.

À son retour, Edith n'était toujours pas rentrée. Et l'agacement que Luc en éprouvait ne l'encourageait pas à tenter d'écrire quoi que ce soit. De ce point de vue, la journée était fichue. Il n'avait pas davantage envie de lire ou de s'informer de la marche du monde – qui trébuchait à chaque pas jusqu'à preuve du contraire –, de sorte qu'il rongea son frein, enchaînant des parties de solitaire en écoutant Burnt Friedman et Jaki Liebezeit au casque et en boucle. Luc aurait préféré être musicien qu'écrivain mais le moindre instrument lui fichait la trouille, le paralysait comme devant une bête sauvage impossible à dompter. Il vénérait les musiciens, l'incroyable maîtrise de certains, leur pouvoir de domination. Parfois, attendre une femme devenait plus facile avec de la bonne musique. Le temps passait plus vite. À présent il était onze heures, il faisait bien noir. En dehors des réverbères plantés en contrebas, les environs étaient plongés dans l'ombre, plus aucune voiture ne remontait l'allée centrale. Il y avait de la lumière chez Marc. Il pensa à Michèle qui s'était battue pour lui. Comme une furie. Cette fille, songea-t-il, c'est quand même un numéro. Il n'avait jamais entendu dire qu'on se fût battu pour lui. Écrivain ou pas écrivain.

Edith ne savait même pas quelle heure il était. L'heure n'avait aucun intérêt. Le résultat de leur mission, en revanche, dépassait leurs attentes. Ils avaient repéré du mouvement à l'intérieur du consulat, entendu des voix, entrevu des silhouettes, il s'y tramait bien quelque chose, ainsi qu'Edith le soupçonnait depuis le début. Ils avaient des tonnes de photos, des kilomètres d'enregistrements. D'excitation, elle tournait autour de la table cependant qu'il remisait tranquillement ses cartes.

Alors tu es contente de toi, dit-il en se levant. Tu as fait bonne pêche.

Mon intuition était la bonne. C'est une reconnaissance, pour moi, fit-elle en le suivant du salon vers la cuisine. Tu sais que je suis la seule femme du commando, que j'ai toujours un truc de plus à prouver, tu le sais, ça. Non, ben c'est comme ça.

Il acquiesça, tourné vers le frigo qui crachait des glaçons dans son verre. Elle en profita pour dézipper sa combinaison et elle tirait à peine sur ses manches que Luc se tourna vers elle en faisant la grimace.

Oh, l'aération ne fonctionnait donc pas dans le combi, déplora-t-il. Pourquoi n'irais-tu pas prendre une douche, il est tard. Tu me raconteras tout ça demain.

Le lendemain, à l'aube

Le lendemain, à l'aube, deux types étaient là, à bord de la camionnette. Deux nouveaux, qui semblaient bien réveillés, tout souriants. Edith paraissait moins fraîche, n'ayant pratiquement pas dormi à l'entendre, mais elle passa aussitôt en mode action et Luc n'eut pas droit à un seul coup d'œil venant d'elle jusqu'à leur départ sur les chapeaux de roue.

Petit accrochage avec elle au chant du coq, tandis qu'ils attendaient la relève dans la lueur du jour qui poignait à peine. Sans gravité, songeait Luc qui connaissait l'animal, mais c'était le premier accroc de la nouvelle saison qu'ils avaient entamée sous les meilleurs auspices jusque-là, le premier heurt. Il en prit note. Il y avait toujours une première fois.

Certes, il avait un peu perdu son sang-froid en lui annonçant qu'il ne comprenait pas l'intérêt de prendre la pilule quand on n'avait pas de rapports sexuels. Il regrettait ce petit coup bas, évidemment indigne, mais nul n'était à l'abri, à moins d'être le plus parfait des hommes, d'éprouver quelque aigreur à l'idée que sa copine allait passer la journée entière enfermée dans une camionnette non vitrée en compagnie de deux rigolos à peine trentenaires rompus aux exercices physiques les plus extrêmes.

Et n'avait-il pas, à sa décharge, et voyant qu'Edith menaçait de s'étrangler, prononcé du bout des lèvres le bon, excuse-moi, qui aurait dû lui donner quittance, mais las, elle s'était déjà levée d'un bond et l'avait abandonné à ses turpitudes sans s'abaisser à lui répondre.

Il suivit des yeux les feux arrière du véhicule jusqu'à leur disparition dans les bois qui bordaient l'océan tout en gardant à l'esprit qu'une femme se battait pour lui tandis qu'une autre ne le ménageait pas.

Au terme des quelques jours qui suivirent, Luc put constater qu'Edith n'était pas revenue à de meilleurs sentiments le concernant. Sans doute regagner l'estime d'une femme n'était-il pas une mince affaire, d'autant qu'elle se levait tôt et ne réapparaissait que tard le soir, acharnée à découvrir, avec une obstination remarquable, ce que mijotaient ceux d'en face.

Dès qu'elle rentrait, elle montait directement dans sa chambre et prenait une douche pour lui montrer qu'elle avait retenu la leçon. Après quoi elle se sentait fatiguée, peu encline à partager un verre ou un brin de conversation avec lui. Elle prenait un livre et il n'existait plus. Si c'était Faulkner ou Philip Roth, il fermait sa gueule. Il avait lui-même passé la journée derrière son bureau à lutter pied à pied, et lui aussi était fatigué et un peu de chaleur ne lui aurait pas fait de mal.

Elle annonça pourtant que c'était le dernier soir. L'épisode de surveillance était terminé. Ils savaient tout ce qu'ils voulaient savoir.

Eh bien je suis content pour vous, déclara-t-il en tentant quelques pas en direction du placard à alcools. Surtout pour toi. Ça n'a pas dû être drôle tous les jours.

Bien sûr. Mais peu importe. Je suis à peine davantage payée qu'une secrétaire, mais je travaille pour mon pays.

Oui, moi aussi.

La brise du soir frémissait dans le bougainvillier comme une caresse invisible. Edith avait encore les cheveux humides, d'un noir éclatant, plus noir que jamais. Elle avait échangé sa combinaison vert camouflage contre un peignoir blanc et ses rangers contre des mules.

Il y a juste quelque chose de bizarre, reprit-elle. Parfois on les entend, mais on ne parvient pas à les localiser. On les perd.

Il s'arrêta devant le placard, attendit pour l'ouvrir – comme s'il se demandait si la poignée n'allait pas lui rester dans les mains. Malgré tout, et parce qu'il fallait en venir là, il se lança.

Tu veux boire quelque chose, l'interrogea-t-il sur un ton détaché alors qu'il en avait presque un nœud dans la gorge.

Ça passait ou ça cassait.

Il lui laissa le canapé cependant qu'il s'installait dans un fauteuil avec son Martini-gin à la main.

Il leva son verre, sans ostentation. Eh bien, buvons à la réussite de ton examen de repérage. Tu vas pouvoir dormir tranquille demain matin.

Oui, mais il y a quand même cette histoire dont je te parlais à tirer au clair.

Tu as fait ton job, soupira-t-il, maintenant passe la main. Tu ne portes pas le poids du monde sur tes épaules, que je sache.

Tu ne comprends pas. Ce n'est pas si simple.

Tu vas finir par y laisser ta peau, c'est très simple au contraire. Écoute, je ne vais pas me fâcher avec toi mais tu compliques tellement les choses. Chaque jour qui passe, je me demande si c'est une bonne idée que tu sois là et chaque matin je me réponds que c'est la seule bonne idée qui soit. Ça pourrait durer longtemps comme ça.

Elle se décida à tremper les lèvres dans son verre. Elle avait un peu surjoué la rancune et l'indignation qu'avait provoquées la remarque de Luc sur la pilule mais elle comptait au nombre de celles – et son engagement dans les forces spéciales témoignait de principes bien ancrés – qui ne voulaient rien laisser passer. Elle ne regrettait pas une seconde de l'avoir battu froid durant quelques jours, c'était le minimum. Il le méritait. Elle l'observa un court instant cependant qu'il semblait avoir l'esprit ailleurs, le front soucieux, les cheveux en bataille, un pâle sourire en suspension. Elle n'en était pas fière mais elle éprouvait pour lui, chose qu'elle aurait nié la tête sur le billot, un degré d'attachement qu'il ne soupçonnait même pas et dont elle ne savait que faire – du moins cette pitoyable partie d'elle-même qu'elle détestait.

Elle en était là de ses réflexions lorsqu'il revint vers elle pour lui annoncer, comme entre deux portes, qu'il savait pourquoi les types qu'elle surveillait disparaissaient des écrans.

Elle se figea. Elle n'aurait su dire s'il prenait un air innocent pour faire le malin ou s'il était réellement ignorant de ce que cela signifiait pour elle.

Eh bien vas-y, si tu le sais dis-le-moi, fit-elle en s'efforçant de garder son calme.

C'est pas sorcier. Tu les perds quand ils sont dans l'abri antiatomique.

Elle se dressa sur un coude, totalement abasourdie, saisie de chair de poule.

Mais qu'est-ce que tu racontes. Quel abri antiatomique. Est-ce que tu te fous de moi. J'ai les plans de ce foutu consulat.

Il lui décocha un sourire bienveillant qui l'aurait agacée en d'autres circonstances, mais la palette de ses réactions s'était soudain réduite. Ne subsistait que la sidération.

Écoute-moi, dit-il en se penchant vers elle. J'étais un gamin quand ils ont commencé les travaux sous le bâtiment. Ça a duré des mois. J'ai l'impression que tes plans ne sont pas à jour. Les murs sont en béton armé de soixante centimètres. On ne lésinait pas à l'époque. Personne ne savait très bien ce qu'ils fabriquaient là-dessous. Les ouvriers parlaient dans une langue inconnue.

Elle ne le quittait pas des yeux, comme hypnotisée par ce qu'il lui faisait découvrir, mais elle avait trouvé le moyen de finir son verre et elle le lui tendit. Il lui en servit un autre, remplit le sien, il pouvait à peine croire que le vent ait pu tourner si vite à son avantage alors qu'il s'attendait à manger une soupe à la grimace. Et ce n'était pas fini.

Elle se mordilla les lèvres en hochant la tête, puis elle le regarda droit dans les yeux.

Merci d'avoir trouvé la clé qui nous manquait, dit-elle, merci mille fois. Tu nous fais gagner un temps fou.

Heureux d'avoir rendu service, répondit-il avec un petit geste de la main.

Ils se sentirent si proches l'un et l'autre à ce moment précis qu'ils en furent presque surpris, gênés, interdits. S'ils éprouvaient parfois ce sentiment de trouble chacun de leur côté, il n'était pas arrivé depuis une éternité qu'ils en soient la proie tous les deux au même instant, et forts de cette évidence, ils échangèrent un coup d'œil effaré.

Bon, trêve de plaisanterie, réagit Luc. Et cette blessure, comment elle va.

Bien, elle va bien, excuse-moi mais je suis encore sous le choc. Sans toi, on passait à côté du plus important, tu as été providentiel, Luc, je te le garantis.

Entre le canapé et les fauteuils se trouvait un tapis en laine de mouton, noué à la main, qu'ils connaissaient bien, ils y avaient même dormi une bonne douzaine de fois, trop éreintés pour monter jusqu'à la chambre, avec juste un drap ou une couverture selon la saison. Il l'avait roulé dans un coin lorsqu'ils s'étaient séparés et l'avait ressorti lorsqu'elle était revenue. Bref, ce tapis était un piège pour eux et s'allonger dessus, ne serait-ce que s'y asseoir, montait facilement à la tête. Ils n'allaient pas pleurer. Maintenant que c'était fait, ils n'allaient pas pleurer. Il n'y avait pas que le remords d'avoir cédé qui leur échoyait au bout du compte, car ils étaient repus, ils en avaient redemandé, ils n'étaient pas partis en courant, ils avaient bu la coupe jusqu'à la lie en sachant très bien ce qu'ils faisaient, en rendant toutes leurs armes de gaieté de cœur – sans écouter toutes les petites voix chagrines et geignardes qui avaient poussé de hauts cris ulcérés, leur avaient promis l'enfer et les larmes chaque fois qu'ils changeaient de position ou se retrouvaient tête-bêche ou se partageaient la boîte de Kleenex pour un oui ou pour un non.

À leur décharge, ils n'avaient pas prononcé un seul mot, pas de guimauve, pas de flatteries, pas de promesses et encore moins de ces serments intenables dont ils avaient usé et abusé en pure perte au temps de leur premier tour de piste. Il arrivait toujours un moment où les mots ne servaient plus à rien – sauf à faire de la littérature ou à se pavaner sur les réseaux sociaux.

Tout juste s'ils se gratifièrent d'un demi-sourire furtif, ravi et coupable, avant d'effectuer un détour par leurs salles de bains respectives puis de se retrouver sur la véranda pour finir leurs verres comme si de rien n'était.

Et tu sais, déclara-t-elle lorsqu'il la rejoignit et qu'accoudée à la rambarde comme une starlette au bastingage d'un transatlantique elle laissait son regard divaguer dans l'obscurité, ce n'est pas la peine d'aller chercher plus loin. Ils nous ont massacrés la dernière fois à cause de ça. On ne savait rien sur cet abri. Ils sont arrivés de tous les côtés, deux fois plus nombreux qu'on imaginait. C'est vraiment trop con, tu ne crois pas. Je sais que je ne devrais pas faire de sentiment mais j'ai perdu de bons camarades pour rien, pour un truc aussi absurde.

Il lui posa une main apaisante sur l'épaule. Il savait que ce n'était pas du cinéma. Il connaissait tous les défauts d'Edith, mais quelque part elle avait un cœur pur. Il ne pouvait pas faire grand-chose. Il lui caressa le dos pour l'aider à passer ce moment difficile.

Ce qui me console, dit-elle, c'est qu'ils nous feront pas le coup une seconde fois. La surprise va changer de camp, crois-moi. On va s'occuper de tout ça.

Il acquiesça d'un grognement vague alors que son esprit commençait à dériver à mesure que sa main effleurait le bas du dos d'Edith qui ne bronchait pas et restait penchée sur la balustrade, murmurant quelques mots sans importance à propos de la douceur de l'air, des eucalyptus qui perdaient leur écorce et du calme des environs.

Elle avait enfilé un de ces maillots de corps qui habituellement lui tombait au ras des fesses et lui servait le cas échéant de chemise de nuit – mais ce soir-là, il s'en rendit compte assez vite, elle n'avait pas remis de culotte et une sorte d'embrasement général le saisit. On aurait dit alors qu'Edith avait intercepté le message au vol car elle commença à se dandiner subrepticement, s'accordant au rythme de la progression de Luc vers ses parties intimes.

Mais tu sais, Luc, dit-elle quelques minutes plus tard tandis que passé derrière elle il la baisait à l'envi, tu sais, Luc, il ne faut pas que ça devienne une habitude. Nous ne sommes plus des enfants.

Ils avaient vécu neuf mois ensemble. Du début de l'année jusqu'à la fin de l'été. Quelque chose aurait dû fonctionner qui n'avait pas fonctionné. En parfait adepte de la Rupture Créatrice, dont le succès ne s'était pas démenti au fil des ans, Luc avait appliqué à Edith cette méthode qu'il connaissait sur le bout des doigts. Où trouver l'énergie, sinon, où trouver la rage nécessaire ailleurs que dans la rupture, le changement, les tensions, l'inconfort. Edith était en train de tout flanquer par terre. Il était allé jusqu'au bout avec elle, il n'avait brûlé aucune étape et griffonné la fin de leur histoire sur un papier collant. Conclusion nette et sans bavure. Sauf qu'elle était revenue et appliquait désormais ses propres règles. Du jamais-vu, pour ce qui le concernait. Quelque chose n'avait pas fonctionné, mais quoi.

Caroline n'avait pas la réponse, mais elle était satisfaite des quelques feuillets qu'elle avait lus, qu'elle tenait entre ses mains à ce moment précis et dont elle s'éventait.

Mais aussi, quand même, bon Dieu, mon chou, tu es tellement en retard.

Oui, je sais, mais si on réfléchit, c'est quoi être en retard pour un écrivain. En retard par rapport à quoi.

En tout cas, je me réjouis que les affaires reprennent entre vous.

Oh là là, minute papillon, c'est vite dit. Je l'ai prise en pension. On verra.

C'est plutôt bon signe, non. Toujours cette maîtrise remarquable dans ton travail, cette énergie, et cette fois, pas besoin de psychodrame conjugal.

Oui, je ne sais pas, j'ai eu d'autres chats à fouetter. Mais c'est vrai, je n'ai pas senti de baisse de régime. Je te dirais que je n'y ai pas pensé. J'ai dû compenser par autre chose, sans m'en rendre compte. J'ai doublé mes séances de tir à l'arc. Ah, et tu ne connais pas la meilleure, j'ai une érotomane sur le dos.

Tu te moques de moi.

Non, malheureusement, pas du tout. C'est d'ailleurs assez pénible, d'autant que depuis peu elle habite en face de chez moi. Écoute, pas plus tard qu'hier, j'arrive, elle était nue comme un ver, plantée devant la maison en question, les poings sur les hanches, me toisant, raide comme un piquet, j'étais en train de prendre mon courrier quand j'ai levé les yeux. Bien sûr, j'ai tout laissé en plan, j'ai dévalé jusqu'en bas, j'ai même failli renverser un cycliste, j'ai grimpé dans sa direction en ôtant ma veste pour la couvrir et tu sais ce qu'elle me sort, tu sais ce qu'elle me dit, elle me dit mais est-ce que tu vas faire l'idiot encore longtemps, est-ce que tu vas finir par accepter l'évidence. Et sur un ton excédé, avec ça. J'ai regretté d'être intervenu. Elle est en train de me créer des problèmes là où je n'ai pas besoin d'en avoir.

Caroline fit la moue et s'écarta de son bureau en jetant un coup d'œil dans la rue.

Je ne sais pas s'il y a un rapport, déclara-t-elle, mais une jeune femme est en train d'écrire sur le pare-brise de ta voiture.

Il se leva d'un bond pour en avoir le cœur net. *Ah, God damn it*, lâcha-t-il soucieux de surveiller son langage avant de prendre congé de son éditrice en coup de vent.

Quoi qu'il en soit, Michèle demeurait une jolie fille. C'est du moins la première réflexion qu'il se fit en marchant droit sur elle, d'un pas décidé, cependant qu'elle achevait sa besogne en prenant la pose d'une pin-up de calendrier.

Ça va, tu t'amuses bien, fit-il en découvrant son pare-brise largement tartiné de rouge à lèvres.

Tu ne pourras pas dire que tu ne sais pas comment me joindre, lui envoya-t-elle dans les dents. Je t'ai mis mes adresses, mon numéro.

Tu aurais pu me glisser un papier derrière l'essuie-glace. J'en aurais pris soin. Maintenant j'ai besoin de savoir quelque chose. Est-ce que tu m'espionnes.

Elle regarda ailleurs. Il remarqua que Caroline les observait de la fenêtre de son bureau.

Parce qu'on ne va pas rester amis si c'est le cas, reprit-il.

Je ne suis pas ton amie. N'emploie pas ce mot avec moi. Attends, laisse-moi te montrer quelque chose.

Elle sortit un bouquin de son sac. Le premier de ceux qu'il avait écrits, la première édition, elle l'ouvrit à la première page et lui montra un dessin qu'il faisait de temps en temps en guise d'autographe pour un anniversaire.

C'est quoi, ça, s'énerva-t-elle.

Un gâteau avec une bougie.

Sois un peu honnête. C'est un sexe. Le tien, je suppose. Voilà comment tu m'as dédicacé ton livre, je n'ai rien inventé. C'est toi qui as lancé le premier signe.

Non, c'est mal dessiné, c'est tout.

Mais à quoi ça sert. À quoi ça sert de se mentir à soi-même.

Ah ça, bonne question.

À son retour, il dut nettoyer son pare-brise au jet, et enlever le plus gros à la raclette, ce qui lui fit penser à l'hiver.

Un matin, il entendit parler

Un matin, il entendit parler de prise d'otages. Il rangeait son arc dans le garage et la porte de la cuisine était entrouverte. Ils étaient deux, à discuter avec Edith, attablés devant des cafés qu'ils ne buvaient pas. Edith avait bondi de son lit lorsqu'elle avait reçu leur appel puis s'était transformée en tourbillon avant leur arrivée, passant l'aspirateur d'une main, retapant les oreillers d'une autre, vérifiant son pli de pantalon.

Luc ne les vit pas arriver – pas plus qu'il ne les verrait partir – et c'est un pur hasard s'il surprit quelques bribes de leur conversation concernant des otages dont seraient parvenues de récentes et peu rassurantes nouvelles. Lorsqu'il demanda un minimum d'éclaircissements à Edith, elle lui répondit comme d'habitude qu'elle ne pouvait pas en parler.

C'est pas cool, lui dit-il, vraiment pas. D'un autre côté, ça permet de garder la distance, je suis d'accord.

Il la planta là, vaguement penaude, sans lui adresser la parole de toute la journée – dès qu'elle faisait un pas vers lui ou qu'elle ouvrait la bouche, il s'éclipsait aussitôt. Il savait qu'il avait quelques bonnes cartes en main et qu'il ne fallait pas désespérer. Il se jugeait suffisamment partie prenante dans cette histoire pour ne pas être tenu à l'écart, laissé pour compte. Il ne voulait pas être impliqué et il s'y était trouvé de force, alors très bien, mais il avait payé sa place assez cher, il s'était montré un bon contributeur à leur petite guerre, donc qu'on le tienne au courant lui semblait être le minimum. Une question, aussi, de respect, de politesse.

Cela étant, à mesure que les heures s'écoulaient, il vit qu'Edith faiblissait, ne se sentait pas très fière et que le moment viendrait où il pourrait lui tordre un bras dans le dos. Lorsque le soir se mit à tomber, Luc pensa qu'elle avait bien résisté et que ses supérieurs ne pourraient pas décemment lui faire grief d'avoir lâché le morceau tant sa position devenait intenable. Alors elle s'effondra, abattue, au fond d'un fauteuil dont les pieds baignaient dans les derniers rayons du soleil et elle baissa la tête et attrapa Luc qui passait près d'elle par la manche.

Bon, très bien, capitula-t-elle, ne dis rien, assieds-toi, je vais t'expliquer ce qui se passe.

Ce n'est pas une obligation, tu sais. Ça n'empêche pas le monde de tourner.

C'est top secret, reprit-elle. Tu m'entends. Top secret. Les otages, on sait où ils sont. On pensait qu'ils s'étaient volatilisés, qu'ils avaient passé la frontière, mais non. Et il y a de fortes chances qu'ils soient restés dans les parages.

Il l'interrompit et se leva en souriant pour se servir à boire car il se réjouissait de voir qu'Edith, pour la première fois, le mettait dans la confidence, discutait avec lui de futures opérations militaires, le jugeait digne de confiance enfin – on pouvait objecter qu'il lui avait forcé la main, mais l'heure n'était pas aux ratiocinations. Ce combat qu'il avait mené à plusieurs reprises et aussitôt perdu par KO, le nombre de fois où elle l'avait envoyé paître quand il devenait trop curieux, les rebuffades qu'il avait encaissées, ce mur aveugle venait de s'effondrer et il appréciait d'être debout pour savourer ce pas en avant, cette avancée incontestable.

Il prépara des spaghettis à l'ail pendant qu'Edith lui dispensait quelques informations sur la suite des événements. Il ne l'écoutait que d'une oreille distraite car il avait obtenu ce qu'il voulait. La mise en place de l'intervention en elle-même ne l'intéressait guère, d'autant que rien n'était encore arrêté. L'ail commençait à frémir, il l'avait à l'œil et il entendit Edith dire qu'elle prenait la tête des opérations. Il sortit l'ail à temps qui déjà se colorait.

Ça ne veut pas dire que j'irai sur le terrain, précisa-t-elle. Je superviserai.

Ce serait tellement stupide de ta part, répliqua-t-il, d'aller prendre un mauvais coup dans ton état. Je préfère te croire sur parole.

Quel état. C'est pratiquement fini.

Attends que Georges t'enlève les points, déclara-t-il en s'occupant des pâtes. Après, on en reparlera.

C'était nouveau, cette manière qu'elle avait de continuer à l'observer au terme d'un échange ou sans raison particulière, à la dérobée. On ne savait pas trop ce qu'elle pensait et elle-même n'aurait pas su le dire. Elle savait juste qu'elle sentait parfois la situation lui échapper, surtout depuis la parenthèse sexuelle qu'ils s'étaient autorisée avant que le contexte ne devienne invivable, mais qui soulevait autant de problèmes qu'elle n'en résolvait.

On ne pouvait pas dire qu'ils couchaient ensemble – chacun regagnait sa chambre à la fin de l'exercice. Ils ne s'embrassaient pas non plus en mettant la langue – un stade qu'ils n'avaient pas franchi, d'un accord tacite. Mais on ne pouvait pas dire que ça n'allait pas. Il n'y avait pas d'attente spécifique, a priori. Edith se demandait en quoi la situation pouvait bien lui échapper et à la fois elle se sentait glisser. Mais quand on n'attend rien et qu'on est un commando des forces spéciales, qu'est-ce qui peut bien vous arriver, songeait-elle. Elle avait trente-cinq ans, un cœur solide et toutes ses dents.

Il faut manger maintenant ou ça va être froid, annonça-t-il de la cuisine.

Ils semblaient assez satisfaits chacun de leur côté, prudents, lucides, mais aussi détendus qu'ils pouvaient l'être après cette journée mentalement éprouvante qui néanmoins finissait bien. Elle se laissa tenter par un mini esquimau praliné qu'elle emporta dans le jardin tandis que Luc se mettait devant un film d'Aki Kaurismäki – n'importe lequel car tous étaient sublimes et il les connaissait par cœur.

Dès que le soleil se couchait, la fraîcheur tombait très vite mais l'air sentait bon et elle avait enfilé un blouson, rabattu sa capuche. Elle termina son esquimau avec un petit frisson. La lune brillait au-dessus de l'océan, invisible d'où Edith se trouvait mais on l'entendait en dressant l'oreille. En s'éloignant un peu de la maison, le ciel se couvrait d'étoiles.

Elle se tourna vers la pinède au bruit d'un craquement. Le sous-bois restait dans la pénombre mais elle crut voir passer une biche derrière les broussailles. On n'en voyait plus beaucoup. Luc racontait que lorsqu'il était gamin elles entraient dans le salon et broutaient les fleurs que sa mère recevait et plaçait dans un vase.

Elle s'approcha et, comme elle plissait les yeux dans l'espoir d'y voir plus clair entre les troncs et les branches basses, elle reçut un tel coup sur la tête qu'elle chancela et tomba à la renverse. Sa vue se brouilla. Elle faillit s'évanouir mais évita de justesse un deuxième coup qui lui arrivait en roulant sur le sol. Elle cria parce qu'elle se sentait trop engourdie pour se défendre et encore plus pour se remettre debout. Et elle pariait déjà qu'il n'allait rien entendre avec son film lorsqu'il déboula au même instant et l'attrapa dans ses bras.

Luc lui confia plus tard que ce n'était pas elle qu'il avait entendue, mais Michèle qui l'invectivait en lui tournant autour avec une pierre grosse comme une brique. Je vois ça, poursuivit-il, sur le coup j'hallucine. Quand j'arrive, elle se tourne vers moi, elle est pâle comme une morte. Qu'est-ce qu'elle fait là, c'est tout ce qu'elle trouve à dire pendant que je la désarme. Je réponds pas. Je la repousse. Je me penche vers toi et elle continue de s'étrangler en répétant je peux savoir ce qu'elle fait là, je comprends pas. Texto.

Georges avait examiné Edith et s'était montré rassurant, sa capuche l'avait protégée, Michèle l'avait sonnée sans la blesser, comme un type qui tombe raide après un direct en pleine figure et que l'on réveille avec un seau d'eau. Il souhaitait néanmoins la garder pour la nuit en observation à la clinique. Elle regimba, mais le père et le fils se montrèrent intraitables. Georges avait promis à Marc de repasser pour vérifier que tout allait bien – mais rien ne pouvait aller mal avec la dose qu'il avait administrée à Michèle, laquelle ne risquait pas d'ouvrir un œil avant un bon moment –, de sorte qu'il les laissa et se remit au volant de sa Bentley en se demandant comment Luc s'y prenait pour s'attirer ce genre de choses. Sa mère était pareille. Incapable de se fixer.

Il était tard. Edith s'enferma dans le petit cabinet de toilette tandis que Luc cherchait en vain à régler l'unique fauteuil de la chambre en position allongée. La nuit était encore profonde. Il entendait la douche qui fonctionnait avec un bruit de crécelle. Edith prenait son temps. La pauvre. Cette fois, il ne pouvait pas prétendre qu'elle l'avait cherché. Il resta un moment à la fenêtre à inspecter les environs, la rade luisante, sans activité, les terrasses silencieuses, l'avenue déserte, les terres sombres, l'enseigne de la clinique et son halo blême qui poudrait à peine le trottoir. Il soupira. Ils étaient assurément passés à côté d'une tragédie, là.

À son réveil, elle trouva Luc endormi à ses côtés. Pas dans le même lit, certes, mais couché en chien de fusil, comme au fond d'une cage étroite, sur le similicuir gris souris du fauteuil médicalisé qui n'avait pas cédé à ses efforts. Elle lui sut gré d'être resté près d'elle alors qu'elle n'avait rien demandé et elle s'habilla en silence. Aujourd'hui encore, il y avait une question qu'elle ne parvenait pas à trancher. Était-ce une chance ou une calamité d'avoir croisé le chemin d'un type pareil.

Elle admettait qu'il pouvait dire la même chose à propos d'elle. Ça ne la dérangeait pas. Avant de quitter la chambre, elle chercha de quoi écrire pour lui laisser un mot mais elle ne trouva rien. Dans les films, la nana revenait sur ses pas et arrangeait une couverture sur les épaules de l'abruti. Dans la réalité, Edith sortit en refermant doucement la porte derrière elle.

Georges était déjà en bas, en blouse blanche, il regardait les radios en hochant la tête.

Tu as de la chance une fois de plus, fit-il en pivotant sur son siège. Heureusement qu'elle n'avait pas une hache.

Un peu de migraine avant de m'endormir, déclara Edith, mais c'est tout. En dehors de cette énorme bosse.

Je vais te donner ce qu'il faut. Bon, écoute, je viens de voir Michèle. Ça va, ça a l'air d'aller. Marc va s'assurer qu'elle prenne bien ses médicaments. Elle ne se souvient pas de t'avoir agressée, bien entendu, c'est assez classique. Elle a raconté à Marc qu'elle t'avait prise pour un voleur.

Elle devrait s'acheter des lunettes.

Certains jouent la comédie, d'autres pas. C'est difficile de savoir. En général, ce sont de bons acteurs.

Et mes points, le relança-t-elle, c'est pour bientôt j'espère.

Il lui fit signe d'approcher, elle remonta son tee-shirt. Il toucha les boursouflures du bout du doigt, le nez pointé en avant. Il se redressa. Dans quelques jours, déclara-t-il. Je te le dirai. Je trouve que ça pourrait aller un peu plus vite. Si tu te remuais moins, peut-être. Peut-être que tu pourrais commencer à envisager une vie plus calme, pas forcément un travail de bureau mais oublie un peu tes opérations commandos, il faut arrêter avec ça.

Ça arrivera bien assez vite, fit-elle avec un sourire et un signe de la main avant de s'engouffrer dans la porte à tambour, et il faisait beau. Elle préféra ne pas penser au travail qui l'attendait pour planifier la prochaine opération. Elle réfléchissait déjà à l'opportunité de constituer trois commandos de six soldats, l'un arrivant par l'ouest, par les bois, l'autre par l'ancienne route, et le troisième par l'océan, en fonction des marées. Avec deux hélicos Cougar en appui. Ce genre de déploiement ne se réalisait pas d'un coup de baguette magique.

Elle passa le restant de la matinée dans le bureau de sa commandante – chignon parfait, lèvres fines, teint cireux – pour un débriefing suivi d'une franche poignée de main avec les différents responsables de la manœuvre dont elle s'était, de facto, proposée de prendre les rennes – arguant de sa connaissance du terrain. C'était une chose de guigner les avancements, de collectionner les faits d'armes, d'obtenir les satisfecit de ses supérieurs, encore fallait-il ne pas se planter et faire oublier qu'elle était une femme – pisser debout n'était pas suffisant. Elle jouait gros.

Elle ne résista pas, dès son retour, à aller prendre des nouvelles de Michèle. Connaître son adversaire était une règle de base. Elle dormait. Marc était confus, il s'excusa pour elle tout en accréditant la thèse de l'erreur, de la confusion. Difficile de savoir s'il y croyait lui-même. Pendant ce temps, le gosse pédalait sec, effectuant des allers et retours devant la fenêtre comme s'il prenait l'air dans une cour de prison.

Elle n'avait rien de particulier contre Marc. Ce n'était même pas un sujet de conversation avec Luc, qui semblait se satisfaire, autant qu'elle avait pu en juger, de relations de surface avec ses congénères. Luc n'avait pas d'amis – au mieux quelques connaissances, quelques types qu'il trouvait sympas et avec lesquels il pouvait boire un verre de temps en temps, mais rien de profond ni de durable, rien de remarquable, et Marc ne faisait pas exception. L'amitié entre hommes, elle connaissait, elle en mangeait du matin au soir lorsqu'elle partait en mission avec sa bande d'énergumènes, et quoi que l'on pouvait en penser, déplorer leur manie d'en faire trop, de se donner en spectacle, c'était viril, instinctif, c'était fraternel, c'était bluffant. De sorte que, considérant l'amateurisme de Luc en la matière, elle ne craignait pas d'être prise en tenaille entre les deux hommes si d'aventure les choses se compliquaient avec Marc. Non qu'elle fût en mesure de dénoncer quoi que ce soit de précis, aucun geste, aucune atteinte aux convenances, mais certains regards ne trompaient pas – ces regards en coin qui la déshabillaient.

Il ne s'y risqua pas, en l'occurrence, gardant profil bas, mais la gêne diffuse qu'elle ressentait à se trouver seule dans une pièce avec lui, fussent-ils séparés par une table et six chaises, ne se démentait pas.

Luc était assis à son bureau quand elle rentra. Elle manifesta sa présence en lui massant un instant les épaules puis elle l'informa de sa visite aux deux autres qui avait fait chou blanc.

Il estima qu'il était encore trop tôt pour effectuer une visite de courtoisie mais qu'après tout elle avait eu raison d'essayer.

Luc, je vais être débordée durant les jours qui vont suivre. Je ne veux pas l'avoir dans les jambes. Je ne veux même pas y penser.

Je vais m'en occuper. Je dois parler à Marc. Mais je vais m'en occuper. Je ne sais pas ce qu'elle lui a raconté au juste, je ne sais pas ce qu'il sait exactement. Ça va être gai. Mais je vais lui parler.

Et ce sera suffisant, tu crois.

Ne sois pas ironique. Mais donne-moi quelques jours. Je crois qu'il faut laisser reposer les choses avec lui. Je le connais assez bien. Quant à elle, je ne sais pas. Il y a plusieurs méthodes. Mais Georges va la tenir en laisse pendant un moment. Ça ne veut pas dire qu'il ne faut pas rester prudent, mais ça va, je suis dans le coin, tu vas pouvoir travailler tranquille. À propos, c'est assez fascinant cette opération que tu dois mettre en place. C'est un jeu en fait, sauf que les personnages sont vivants et là ça devient pour le moins, je dirais, décoiffant. C'est drôle, on se connaît quand même depuis pas mal de temps et on n'avait jamais pu en parler. Ça m'aurait intéressé.

Oui, fit-elle avec un haussement d'épaules, mais je ne pouvais pas, tu le sais bien. Et tu ne le comprenais pas.

J'étais devant une porte fermée à double tour. Il y avait quoi d'autre à comprendre. Ça va, ne rouvrons pas ce débat. Elle va te ficher la paix.

Et tu imagines le gosse au milieu de ces deux-là, ça me fait de la peine pour lui.

Luc hocha la tête. Il avait vécu la même situation avec ses parents et il n'en était pas mort. Quand Georges jetait à la figure de sa femme les fleurs qu'elle recevait de ses admirateurs et que le pugilat commençait, Luc s'abritait sous la table et se demandait quel métier il aimerait exercer plus tard.

Elle lui donna quelques explications

Elle lui donna quelques explications pour qu'il comprenne ce qu'elle faisait. Elle le voyait passer deux ou trois fois par jour pendant qu'elle travaillait, jeter un coup d'œil mine de rien par-dessus son épaule, se racler la gorge, danser d'un pied sur l'autre tandis qu'elle restait bouche cousue, de sorte que, bonne fille, de guerre lasse, et eu égard au récent assouplissement de leurs échanges dans ce domaine, elle finit par l'affranchir de certaines règles de stratégie, d'intendance, d'anticipation, de précaution, etc., particulièrement adaptées à la libération d'otages – l'exercice le plus casse-couilles, le plus délicat, le cauchemar de tous les commandos du monde car la prise en charge de civils se révélait toujours une source d'emmerdements sans nom. Des têtes à claques, la plupart du temps.

Elle se mit à lui fournir ces renseignements avec d'autant plus de facilité qu'il lui prêtait une oreille attentive et posait parfois des questions intelligentes. Elle commençait à y prendre goût, elle s'en amusait par petites touches, veillant à ne pas lui donner l'impression qu'ils avaient renversé la vapeur et que se dégageait pour eux un nouvel horizon – non seulement ce n'était pas aussi simple, mais penser que l'on pouvait revenir sur ses pas et relever ce que l'on avait flanqué par terre, c'était comme de croire que la Terre était plate.

Quoi qu'il en soit, ils coulèrent des moments agréables durant quelques jours, surtout en fin de soirée car elle passait la moitié de la journée avec les militaires engagés dans la mission et, quand elle rentrait, Luc travaillait dans sa chambre et elle avait le salon pour elle seule, elle s'installait sur le canapé pour relire ses notes, consulter des graphiques, les plans du consulat en 3D, regarder ses messages, le temps passait, puis la lumière déclinait et Luc venait aux nouvelles et allumait le feu sans coup férir avec une seule allumette. L'image la faisait sourire intérieurement. Il n'y avait pas une seule fille des forces spéciales qui aurait supporté de vivre avec un type incapable d'allumer correctement un feu. La honte.

À deux ou trois reprises, ils virent passer Michèle qui errait comme un zombie devant chez Marc. Edith tendit les jumelles à Luc qui finit par déclarer qu'elle faisait peur et qu'à coup sûr elle n'était pas en état d'occasionner le moindre trouble. Georges devrait peut-être diminuer la dose, avança-t-il en faisant la moue.

Quand j'y pense, reprit-il après un coup d'œil chez Marc dont la maison disparaissait sous les tentures bleuâtres du soir avec ses fenêtres éclairées, je me dis qu'elle doit déguster.

Ne te trompe pas de personne, tu veux, fit remarquer Edith. Tu veux toucher, ajouta-t-elle en lui offrant sa tête.

Non, mais tu comprends ce que je veux dire. C'est une espèce de folie, mets-toi à sa place. Tu sais que moi, en tant qu'écrivain, les amours impossibles, c'est mon gagne-pain. Je connais bien cette souffrance. Avant toi, toutes mes tentatives ont sombré corps et biens.

Pas avant moi. Je fais partie des désastres dont tu parles. Nous n'avons pas été une parfaite réussite, il me semble.

Peut-être, mais regarde-nous, on se débrouille plutôt bien là, ou je rêve. Mais elle, ce qu'elle vit, c'est un cauchemar. C'est tout ce que je dis. Je ne la défends pas. En tout cas, j'aurais préféré que ça tombe sur un autre que moi. Parfois, j'ai le sentiment d'être coupable de quelque chose envers elle. Même si je n'en crois rien, c'est désagréable. Ça n'arrange pas l'estime de soi. S'il en reste, bien sûr, s'il en reste.

Soudain, il fit un bond. Il se tapa sur le front. C'était l'anniversaire de la mort de sa mère, Corinne – qui avait sérieusement décliné après que Georges et elle se furent séparés presque vingt ans plus tôt. Il avait complètement oublié. Et Georges qui n'allait pas tarder. Il y avait longtemps qu'ils ne se demandaient plus si fêter la mort d'une personne avait un sens mais ils continuaient d'ouvrir une bouteille de champagne à cette occasion-là, sans gâteau ni bougies, sans invités, sans discours, juste pour lui montrer qu'ils pensaient toujours à elle malgré tout.

Il commanda du Billecart-Salmon et des empanadas. Les journées étaient encore douces mais dès la nuit tombée la température dégringolait et il faisait froid. Georges arriva en même temps que la camionnette de livraison. Luc remarqua qu'il se garait plus ou moins bien et qu'il avait le teint rose. C'était un phénomène que l'on ne pouvait observer qu'une fois par an, le seul jour de l'année où Georges se relâchait, coupait son téléphone et venait boire un verre avec son fils à la mémoire de Corinne qui les avait quittés.

Il fonça directement vers la cheminée, embrassa Edith au passage pendant que Luc s'occupait de sa commande et la transportait dans la cuisine.

L'année dernière, dit-il en se frottant les mains devant le feu, il faisait une tempête de chien ce soir-là. On n'a pas mis un pied dehors. C'était une femme impossible, tu sais. Je l'ai aimée et puis un jour c'était fini, elle n'a plus existé pour moi. Ça ne se commande pas. Et Luc était haut comme ça, à l'époque. Ça a été dur pour tout le monde. Enfin bref, vous avez l'air de vous en tirer pas trop mal tous les deux, c'est le principal.

On entendait Luc qui s'affairait dans la cuisine.

Jusque-là, c'est une formule qui nous convient, fit-elle en souriant. Vous savez, la formule sans obligation d'achat. Je préfère à satisfait ou remboursé. Et puis c'est parfait, on est débordés tous les deux. On limite les espaces de friction.

Ça manque de courage, sergent.

Vous me faites rire.

Luc apporta le champagne et ils levèrent leur coupe en silence. Ils burent à cette Corinne qui avait tenu le coup durant les premières années de leur séparation, puis s'était mise à boire et la tournée des bars s'était espacée car elle ne marchait plus guère, puis ses sorties s'étaient espacées jusqu'à disparaître et l'alcool l'avait tuée. C'était donc le onzième ou douzième anniversaire de sa mort, ils n'arrivaient pas à se mettre d'accord, et Georges remercia Edith de s'être jointe à leur petit comité.

Luc se leva pour aller chercher les empanadas. Georges se tourna vers les flammes.

Et son bouquin, est-ce que ça avance, demanda-t-il à Edith.

Je ne sais pas. Il n'en parle pas. J'ai abandonné.

Oui, je sais, soupira Georges. Il ne laisse entrer personne. Il ne veut pas parler de son travail, je crois que ça l'ennuie. Je pensais qu'avec toi, peut-être.

Il me reprochait de vivre dans une bulle, mais lui, par contre, il vogue dans la stratosphère, Georges. Et il ne s'en rend même pas compte. On évite les sujets qui fâchent, aujourd'hui on en est là, on n'en sait pas plus. On navigue à vue.

Luc leur lança qu'il fallait faire de la place car il arrivait bientôt et c'était chaud.

Ce qui rend le plus malheureux en vieillissant, déclara Georges qui se penchait pour rassembler les verres sur la table basse, c'est le temps qu'on a perdu. Vous devriez y penser, tous les deux.

L'apparition de Luc avec son plateau de chaussons fumants la dispensa de répondre au vieil homme qu'elle considéra, durant quelques secondes, avec un air mi-figue mi-raisin. Il avait les joues de plus en plus roses. Bientôt, songea-t-elle, parti comme c'était, il allait leur demander quand ils allaient se marier et leur rappeler qu'ils étaient sa dernière chance d'avoir des petits-enfants. C'était surréaliste. Rien que d'y penser elle grimaça et s'approcha de la cheminée. S'il y avait une chose qui la terrifiait, c'était les bébés. Les enfants à la rigueur s'ils étaient propres, s'ils marchaient, s'ils faisaient leurs devoirs tout seuls –, mais les bébés, non, jamais, jamais. Elle pensait qu'il fallait avoir un minimum d'instinct maternel pour être tentée par l'aventure, on l'avait ou on ne l'avait pas.

En lui serrant le bras, Luc la coupa dans son élan. Du menton, il lui indiqua la fenêtre. Michèle était plantée dans le jardin, immobile, spectrale, avec une valise à ses pieds.

Tout va bien, annonça Georges. J'appelle Marc. C'est à lui d'aller la chercher. Ça ne doit pas venir de vous.

Edith et Luc échangèrent un regard indécis tandis que Georges, sans quitter Michèle des yeux, appelait Marc séance tenante pour se charger du problème. Il arrive, déclara-t-il. Ne faites plus attention à elle, ne la regardez pas. Il tourna lui-même le dos à la fenêtre et attrapa une empanada qu'il qualifia d'excellente à la seconde où Marc sortait de chez lui et déboulait dans leur direction à grands pas. La nuit était claire, absurdement belle au regard de ce qui s'y déroulait. Luc se servit un verre et leva les yeux sur la scène au moment où Marc couvrait les épaules de Michèle d'un plaid qu'elle flanqua aussitôt par terre.

On ne les entendait pas car les fenêtres étaient fermées mais on voyait que le ton montait.

Je me demande si elle prend ses médicaments, marmonna Georges. Ils devraient plutôt l'assommer.

Mais qu'est-ce qu'il fait, là, s'agaça Luc. Il va pas la jeter sur son épaule comme un paquet de linge sale, j'espère.

Privée de son, l'empoignade ressemblait à de la danse contemporaine. Un instant, Michèle se laissa choir sur le sol pour échapper à l'étreinte de Marc, elle lui glissa des mains comme une anguille et s'apprêta à bondir mais il la plaqua aux jambes et ils s'étalèrent au pied d'un massif d'hortensias Buchfink encore en fleur.

C'est bon, ils se relèvent, dit Georges.

Si on ne trouve pas une solution, ça peut devenir compliqué, déclara Edith.

On va trouver une solution, répondit Luc. Attends. Regarde-la. Elle ne crie plus. Elle s'est calmée.

Ses remarques apaisantes ne trouvèrent aucun écho, n'éveillèrent qu'incompréhension et lassitude chez son auditoire.

Sérieusement, Luc, soupira Georges tandis qu'ils suivaient des yeux le cheminement erratique des deux autres regagnant leurs pénates en zigzags tempétueux, sérieusement, Luc, on connaît les options, il n'y en a pas trente-six. Au point où elle en est, c'est l'internement forcé ou les neuroleptiques à vie. Il peut y avoir des phases intermédiaires, sans doute, mais ça ne va pas dans le bon sens ici, à ce que je vois.

Nous parlons d'une personne qui s'est récemment ouvert les veines et qui a failli me défoncer le crâne, ajouta Edith sans acrimonie. Je suis désolée, Luc, mais c'est de ça que nous parlons.

Je sais. On n'est pas à l'abri d'un drame avec elle, je sais. C'est couru d'avance.

Ils retournèrent s'asseoir car il n'y avait plus rien à voir – Marc et Michèle étaient arrivés à destination et leur porte d'entrée s'était refermée sur eux, les lumières extérieures s'étaient éteintes.

Elle me fait pitié, c'est tout, déclara Luc en tâtant avec perplexité un chausson argentin qui avait tiédi.

Je vais quand même aller voir comment ça se passe, annonça Georges. J'ai ce qu'il faut dans la voiture. Ne mangez pas tout.

Il sortit en coup de vent. Heureusement qu'il est là, en ce moment, concéda Luc en secouant la tête. Ce n'était pas la première fois qu'il tenait ce genre de propos, il ne les comptait plus depuis le divorce de ses parents, il devait avoir une vingtaine d'années et alors les conneries s'étaient enfilées comme des perles, à croire qu'il les faisait toutes, et Georges avait toujours été là, Luc avait toujours pu compter sur lui, hier comme aujourd'hui. Heureusement qu'il avait été là.

Tu en penses quoi, lança-t-il à Edith qui rangeait un peu la cuisine après voir remis les chaussons au four.

Je pense qu'on peut réduire les risques au maximum, mais qu'on n'empêchera pas tout. Et la question qui tue, incidente, est-ce que cette prise de risque vaut la peine.

Elle réapparut, un torchon entre les mains, et ajouta moi je n'ai pas la réponse.

Moi je l'ai, répliqua Luc aussitôt. C'est non. On ne prend pas de risque. On va voir ce que nous conseille Georges. Je n'ai pas envie qu'elle touche un seul cheveu de ta tête.

Ça va, c'est tout ce que je voulais entendre.

Je n'avais pas besoin de le dire, mais j'ai pensé au diable la subtilité, elle est capable de me comprendre de travers.

Il rajouta une bûche qui s'enflamma presque sur-le-champ.

Ce qui était à la fois pénible et prévisible, chaque fois qu'advenait l'anniversaire de la mort de Corinne et le funeste salut qu'on lui rendait, c'est que tout lui revenait en même temps, des souvenirs en rangs serrés, des avalanches d'images, des trombes de paroles, et il pouvait être certain qu'il ne dormirait pas de la nuit, surtout s'il fermait les yeux car la maison se réveillait alors, il entendait des bruits qui n'existaient plus, des pas dans le couloir, des parquets qui grinçaient, des talons hauts, des bruits sourds, des éclats de voix, toute une époque où ses parents et lui vivaient entre ces murs. Et s'il rouvrait les yeux, c'était l'obscurité dans un silence de mort.

Or non seulement, une fois de plus, il se tourna et se retourna dans son lit jusqu'aux aurores, mais vinrent s'ajouter les soucis concernant Michèle et l'étrange relation qui s'installait entre Edith et lui et menaçait de lui flanquer la migraine.

Elle était sur le point de sortir lorsqu'il descendit en se tenant à la rampe. Elle était pressée. On venait d'obtenir un contact avec les preneurs d'otages et une rançon se discutait en haut lieu. Quoi. Pardon. Il tâcha de la retenir car il n'avait pas encore repris tous ses esprits après sa nuit blanche, mais elle était aussi très excitée et ne pouvait plus attendre. Il la relâcha avec la promesse qu'elle lui dirait tout en rentrant. Il la relâcha aussi parce qu'il n'était pas en état de chercher à comprendre ce qu'elle venait de lui dire. Pas après l'épouvantable nuit qu'il avait traversée.

Edith avait préparé du café, il était encore chaud. Il faisait beau et froid dehors. Il allait s'asseoir lorsqu'en jetant un coup d'œil à la fenêtre, il découvrit la valise de Michèle abandonnée dans l'herbe, luisante de rosée. Il hésita un instant puis posa sa tasse, noua la ceinture de son peignoir et sortit récupérer le bagage pour le mettre à l'abri. Le soleil n'était pas encore passé au-dessus des pins et l'ombre était glacée. Il secoua la valise pour la débarrasser d'une arachnéenne dentelle de glace cristalline, fine comme de la gaufrette, qui recouvrait sa coque ondulée. Puis il la ramena à l'intérieur et la laissa s'égoutter au milieu de la cuisine. Il reprit sa tasse, tira une chaise à lui et termina son café par petites gorgées cependant qu'il ne quittait pas des yeux la valise autour de laquelle se formait une couronne liquide dont il surveillait la progression.

Il se demandait ce que Michèle y avait fourré. Il ne bougeait pas mais il y pensait tout en fixant l'objet en question. Une publicité de la marque prétendait qu'un camion pouvait rouler dessus sans l'éventrer. Restait la serrure. À chiffres. C'était fichu. Il actionna sans y croire une seconde le système d'ouverture et miracle, le fermoir sauta.

Il la bascula sur le côté sans l'ouvrir et retourna s'asseoir pour la considérer de nouveau. On aurait dit un exosquelette, un gros coquillage. Il devait lutter contre la curiosité qui le démangeait. Il se leva de sa chaise au bout d'un moment et referma la serrure, brouilla le code, la poussa dans un coin.

Une heure plus tard, il était devant chez Marc avec la valise et il sonnait à sa porte.

Marc l'entrebâilla. Il était en caleçon et semblait se réveiller, puis il reconnut Luc et le fit entrer prestement après un coup d'œil sombre sur les environs.

Ah mince, fit-il en s'adossant au panneau. Je suis complètement ensuqué.

La pièce était plongée dans la pénombre en raison des rideaux tirés. Marc ne savait pas trop ce que le père de Luc lui avait administré, mais il était tombé comme une masse et avait dormi pendant dix heures d'affilée. Luc faillit lui répondre qu'il avait de la chance. Il régnait une odeur douceâtre et un certain désordre, des revues, des vêtements qui semblaient avoir été abandonnés sur place, dans l'instant, des paquets de gâteaux secs entamés. Marc le remercia vaguement pour la valise qu'ils avaient oubliée après cette nuit affreuse, tellement humiliante et d'ailleurs il s'en excusait, il en était meurtri. Luc le rassura, on était entre voisins, on était là pour se soutenir. Il lui posa une main sur l'épaule.

Elle dormait. Marc était incapable d'expliquer son comportement, il n'y comprenait rien. Elle avait changé du jour au lendemain, d'après lui – même s'il soupçonnait que le mal avait des racines plus profondes –, et il ne parvenait plus à la suivre.

Luc hochait la tête, satisfait de la manière dont se passait la rencontre. Le moment aurait été mal choisi de compliquer les choses et il n'était sans doute pas le seul de cet avis. Il opinait, il acquiesçait. En remarquant que les poils des cuisses de Marc se hérissaient, il prit conscience qu'il ne faisait pas chaud, qu'il n'y avait pas de cendres dans la cheminée.

Écoute, Georges va s'occuper de tout. Tu devrais allumer le chauffage.

Marc se tourna vers lui, puis il se prit la tête entre les mains.

Luc, ils ont embarqué Paul à la sortie de l'école, déclara-t-il d'une voix blanche. Ça fait deux jours. Ils l'ont enlevé sous mon nez. Ça m'a foutu en l'air, ça se voit pas. C'est mon fils. J'en ai pas cinquante. Et Michèle, tu crois qu'elle m'aide. Non, elle s'en fiche. Elle s'enfonce dans son brouillard.

Luc le considéra en se massant la mâchoire.

Marc, je suis désolé pour ton fils. J'imagine le coup dur. Et je vais demander à Georges de prendre Michèle en charge aussi vite que possible parce que ça ne sert à rien d'attendre. Tu as besoin de souffler, vieux, de digérer tout ça. N'attends pas que le plafond te tombe sur la tête.

Luc se sentit plus léger en sortant. Assez satisfait de lui-même, d'ailleurs, car, comme il hésitait une seconde devant l'escalier qui menait aux chambres et que Marc lui demandait s'il voulait la voir, il avait tout bonnement refusé, ajoutant qu'il n'en voyait pas l'utilité. Prends plutôt soin de toi, lui avait-il lancé en mettant le pied dehors. L'histoire n'est pas finie.

Luc avait un faible pour ces températures d'arrière-saison, quand le froid de la nuit faisait place, goutte après goutte, aux tiédeurs du jour. Il en profita en repartant chez lui, après un détour par l'océan, pieds nus sur le sable. Il avait encore aux lèvres un demi-sourire qu'il ne parvenait pas à effacer après qu'ayant levé la tête vers le ciel lumineux, il avait vu Michèle à sa fenêtre, en chemise de nuit, lui envoyer un long baiser du bout des doigts. Cette fille est complètement dingo, avait-il songé, amusé et soucieux à la fois, avant de reprendre sa promenade. Puis il était rentré à travers les bois, avec le soleil cliquetant au-dessus de sa tête.

Sinon Georges avait bien reçu le message et il programma le transfert de Michèle pour le lendemain, aux premières heures du jour. Il était d'accord avec Luc. Il ne fallait plus attendre.

Marc ne sera pas d'un grand secours, ajouta Georges au bout du fil, mais là, dans ces conditions, avec le problème de son fils, j'imagine qu'il nous emmerderait plus qu'autre chose ou qu'il arriverait un malheur.

Il sait que sa femme est à ses trousses depuis le début et il est surpris. Il te dit qu'elle ne le lâchera pas, qu'elle n'aura aucun répit et, au lieu de lui fausser compagnie, il reste là, à l'attendre, jour après jour, à offrir sa nuque, et il a l'air étonné de ce qui lui arrive.

Ça t'étonne, demanda Georges. En tout cas, je passerai les voir à la fin de mes visites. Je viendrai jouer le marchand de sable pour les deux. Et demain, ce n'est pas une obligation, mais ce serait bien si tu ne t'éloignais pas trop, elle se sentirait rassurée.

Luc eut l'air contrarié. Oui mais Georges, attends, je crois que c'est pas bon que je m'approche trop d'elle. Pas bon du tout. Ce n'est pas très utile qu'elle se fasse des idées supplémentaires. Je n'ai pas l'impression qu'elle soit en reste en ce qui me concerne.

Il se remit au travail avec ces idées en tête, ce qui n'était pas très indiqué – avec par instants des flashs, des instantanés de Michèle qui le forçaient à s'ébrouer avec la rage aux lèvres ou à cogner du poing sur la table, faisant voler ses stylos et trembloter son écran. Mais il s'entêta, sans chercher à écrire ses meilleures pages, c'était avant tout une question d'honneur – un écrivain doit souvent se prouver que rien ne peut l'arrêter, que c'est ça ou mourir, ou pire encore, ne pas mériter ce titre – et au fur et à mesure qu'il avançait, qu'il marchait sans gloire, il sentit que l'étau se desserrait, que les pensées et les images inopportunes s'effilochaient, se raréfiaient, se disloquaient et c'était tout ce qu'il cherchait, vérifier que le lien n'était pas abîmé. Il en éprouvait un plaisir presque enfantin, une vraie joie d'être au monde, même si ça ne durait pas, même si ce qu'il venait de pondre était bon pour la poubelle.

Il accueillit Edith comme un type qui s'extrait d'une bagarre en boitant mais se satisfait de s'en tirer à bon compte. Elle était si tendue qu'elle ne remarqua pas qu'il sortait d'un terrible combat, mais elle eut la bonne idée de vouloir prendre un verre et lui n'était pas mal au point de ne pas accéder aussitôt à sa demande.

Il n'était pas vraiment d'humeur à se replonger dans cette histoire d'otages mais Edith y était jusqu'au cou et il n'allait pas commettre les mêmes erreurs qu'autrefois.

Il lui servit un gin-tonic qu'elle avala d'un trait.

Écoute, fit-elle sur un ton excédé, je ne sais pas comment ils s'y sont pris et je ne veux pas le savoir. Autant te dire que je ne suis pas partante. Tu m'as écoutée, il va y avoir un échange. L'argent contre les otages. Ce n'est pas comme si on lançait un assaut. On n'aura pas d'effet de surprise et on aura les otages dans les jambes.

Elle demanda un autre verre.

Quand on pense, poursuivit-elle, qu'il y a un type dans un bureau qui se dit tiens, on va leur proposer de l'argent, et ça marche, et qui vient raconter que c'est moins dangereux pour les otages, et ça marche. Et il n'y connaît rien et ça marche. Et moi on m'appelle et on me dit ma fille, tu es bien gentille, mais voilà comment les choses vont se passer. Est-ce que j'ai mon mot à dire. Bien sûr que non. Enfin bon, ça va être compliqué, j'ai tout à revoir, bien sûr. Tu sais, il y a toujours un type dans un bureau qui fait quelque chose qui ne va pas et c'est jamais lui qui ramasse.

Elle n'avait même pas faim. Elle tourna un moment en rond, se demandant comment elle allait se débrouiller pour éviter de reprendre ses plans à zéro, d'autant qu'à présent, dès que la date et les modalités de l'échange seraient arrêtées, ce qui n'allait pas tarder, le compte à rebours serait lancé. Il faudrait alors être prêt, d'une façon ou d'une autre.

The readiness is all, fit Luc pour plaisanter mais c'était sans doute moins drôle qu'une clé de bras. Lorsqu'elle était en tenue, avec son treillis et ses rangers, Edith était une autre femme.

Elle déroula sans tarder ses plans sur la table basse et alluma son ordinateur pendant qu'il jetait un œil sur ses messages.

J'ai vu Marc ce matin, dit-il en rempochant son téléphone. Je lui ai rapporté la valise. Ça ne va pas fort. Figure-toi qu'ils ont embarqué son fils. La mère, avec son avocat, ils ont attrapé Paul à la sortie de l'école. Donc, il ne va pas très bien et ça nous a semblé un peu chaud de les laisser seuls tous les deux dans la maison, ça pourrait mal finir.

Entièrement d'accord. Je crois qu'elle est dangereuse. Je comprends que Marc puisse avoir du mal à la gérer avec cette tuile qui lui tombe sur la tête.

Georges va la prendre à la clinique. On les sépare. Tout le monde dormira plus tranquille.

Luc, c'est la bonne décision. On ne peut pas régler ça nous-mêmes.

Elle se replongea dans ses documents et il l'observa presque louchant sur un plan du consulat et du parc alentour. Il se demanda si elle n'en rêvait pas la nuit pour se reprendre aussitôt, bien sûr qu'elle en rêvait la nuit, bien sûr, elle ne faisait que ça du matin au soir. Lui-même finissait par connaître ce plan par cœur, à force de passer dans son dos, de regarder par-dessus son épaule, de voir les choses se mettre en place. Elle n'avait pas fait semblant de s'y investir, il s'était rendu compte du travail que c'était. Il était désolé de ce chamboulement. Depuis qu'elle lui avait juré qu'elle ne participerait pas physiquement à l'opération, il s'était radouci et ils avaient pu en parler plus librement, de façon plus détachée, de sorte qu'il comprenait ce qui la tracassait.

On n'arrivera jamais à gérer un tel bordel, soupira-t-elle. Alors que tout était réglé comme du papier à musique. On prenait l'offensive et ensuite, ensuite seulement, on libérait les otages. C'est quand même pas sorcier. Parce que si ça dérape, on fait quoi avec les otages. On leur distribue des gilets pare-balles, peut-être. Enfin, ils font ce qu'ils veulent, mais je les aurai prévenus.

Est-ce que tu te rends compte qu'on accepte de payer une rançon. Moi, ça me dépasse.

Il lui sourit et sortit prendre l'air en espérant qu'elle serait plus calme à son retour. Il avait hâte que cette histoire soit terminée.

Il rentra pour faire du feu.

Luc, fit-elle en délaçant ses chaussures montantes, pourrait-on avoir un rapport, là, maintenant, je crois que ça m'aiderait à décompresser.

C'était de ça qu'il parlait, de ces étreintes qui n'en étaient pas vraiment, de cette relation qui n'en était pas une, il avait hâte d'y voir plus clair.

Au petit matin, Georges descendit d'une ambulance qui venait de se garer en bas de chez Marc avec deux infirmiers. L'horizon était voilé mais la journée promettait d'être belle. Luc prenait son café dans la cuisine. Georges lui envoya un signe de la main avant de sonner chez Marc et Luc leva sa tasse dans sa direction. Il n'était pas très emballé à l'idée de le rejoindre et d'affronter le regard de Michèle quand elle allait comprendre ce qui lui arrivait. Il hésitait.

Tu ne vas pas voir, demanda Edith dans son dos.

Je ne sais pas. Georges pense que ma présence peut la rassurer, mais elle peut aussi me voir comme celui qui la fait enfermer et ça j'aime moins, même si c'est la pure vérité.

S'il arrive quelque chose, je ne sais quoi, tu vas le regretter. À ta place, j'irais voir.

Il s'aperçut à cet instant que ses semelles n'étaient pas clouées au sol et en moins d'une minute il se trouva devant chez Marc. La porte était entrouverte. Dans l'entrée, Marc et les deux infirmiers luttaient mollement sur le sol, presque en silence. Il passa à côté d'eux et trouva son père et Michèle assis côte à côte sur le canapé du salon.

Ah, te voilà, fit Georges. Tout va bien, en dehors d'un petit problème avec Marc qui sera bientôt réglé. J'étais en train d'expliquer à Michèle qu'un court séjour à la clinique tombait bien, au moins elle serait tranquille, car il m'inquiète un peu, ponctua-t-il d'un mouvement de tête en direction des trois lutteurs qui roulaient sur le plancher comme sur le pont d'un bateau dans la houle.

Elle le fixait, mais d'un air qui n'exprimait rien. C'était déjà ça, songea-t-il.

Mais qu'est-ce qu'il lui a pris, demanda-t-il à Georges.

Oh, tu sais, eh bien il n'était plus d'accord. Il l'était hier soir, quand je suis venu, et ce matin plus du tout. Ça arrive. Michèle a besoin d'un peu de repos et elle ne le trouvera pas ici.

Marc poussa un dernier râle quand ils lui administrèrent un sédatif.

Lorsque Michèle monta dans l'ambulance, Luc s'était déjà mêlé aux quelques curieux qui assistaient à la manœuvre. Elle l'avait cherché des yeux avant de l'apercevoir, en retrait, les mains dans les poches, vaguement honteux, et elle lui avait adressé un sourire lumineux qui avait fini par lui faire froid dans le dos mais pas que.

Edith lui montra à quoi ressemblait

Edith lui montra à quoi ressemblait un véhicule tactique et ajouta qu'elle n'appelait pas ça participer physiquement à l'opération, mais je serai en contact radio permanent avec les équipes, je les aurai en visuel.

Il aurait préféré qu'elle dirige l'opération d'un bureau en ville, mais à part manifester un peu d'humeur, il se sentit obligé de baisser les bras.

J'ai vraiment peur à l'idée de ce qui pourrait se passer, poursuivit-elle. Ils vont essayer de nous baiser, tu sais.

Il acquiesça en enfilant un blouson et passa voir si Marc manquait de quelque chose. Georges lui donnait encore quelques pilules à avaler et il reprenait pied – ou plutôt il sommeillait dans un fauteuil la moitié du temps – mais il avait besoin que l'on regarde un peu ce qu'il fabriquait et Luc pouvait s'en charger. Ils étaient voisins. Il n'avait pas encore retrouvé le gars avec lequel il appréciait de boire une bière pendant que son môme dévalait sur le gazon, mais il ne désespérait pas, ce gars-là pouvait revenir quand les temps seraient apaisés.

En raccompagnant Luc à la porte, Marc demanda quand il pourrait voir Michèle. Il fallait s'y attendre. Il avait été long à se décider mais à présent il attendait une réponse.

Luc en discuta avec Georges qui estima une rencontre possible, en espérant qu'elle ne soit pas prématurée, pour l'un ou pour l'autre. Tu comprends, il y a toujours un risque mais nous serons là, aucun problème.

Il se leva pour accompagner son fils et l'arrêta sur le seuil.

Tu ne veux toujours pas la voir, lui proposa-t-il.

Non, ça me fait mal au cœur. J'ai cru comprendre que j'étais le piment sur sa plaie, non. Alors autant ne pas en rajouter. Moins elle me voit, mieux elle se porte. En tout cas, peut-être qu'on pourrait lui demander son avis, pour Marc. On verra ce qu'elle dit.

Edith terminait une séance de relaxation quand il rentra, les bras chargés de provisions. Le compte à rebours vient d'être lancé, annonça-t-elle comme s'il s'agissait d'un entrefilet dans le journal local. Il marqua un temps d'arrêt. C'est pour demain soir, à la nuit tombée, précisa-t-elle.

Il se remit en mouvement et déposa les sacs sur la table de la cuisine. Pas trop excitée, lui lança-t-il en ôtant son blouson. Il regretta aussitôt les mots prononcés mais il était trop tard, ce qui était dit était dit. Il s'était tellement habitué à mettre le bazar dans sa vie sentimentale, au temps de la Rupture Créatrice, qu'il ne savait plus ce qu'il faisait.

Non, ça va, répondit-elle d'une voix égale. Je ne suis pas excitée, je suis tendue. Mais ça, c'est normal, c'est même recommandé. Ça ne va plus me quitter, tu le sais, jusqu'au moment où il sera l'heure d'y aller. Je suis désolée.

Il réapparut en s'essuyant les mains.

Je pense pouvoir tenir vingt-quatre heures, déclara-t-il, mais Edith, ne me dis pas que c'est une vie.

Elle resta silencieuse. Elle roula son tapis de sol avec un air songeur.

Plus tard, elle lui montra une prise de vue aérienne de la propriété sur Google Maps. Elle englobait la maison de maître qui abritait le consulat, le parc, l'appontement privé, les anciennes écuries, le kiosque à musique transformé en volière, mais surtout elle lui indiqua l'endroit où serait garé son fameux engin tactique à partir duquel elle pourrait orchestrer l'opération. Elle posa le doigt dessus.

On sera là, à l'écart, dans le petit bois. Je te l'ai dit. Je ne serai pas impliquée directement. Je sais que je dois faire attention, je ne suis pas idiote.

Ce serait déjà fini si tu étais restée tranquille. Et d'ailleurs, rien ne t'obligeait à t'y remettre si tôt. Tu as encore tes points, mais ça ne pouvait pas attendre.

Ils nous ont taillés en pièces, la dernière fois. Demain ce sera la deuxième manche. Je ne serai pas en train de faire un Scrabble avec un verre à la main pendant ce temps-là. Aucune chance.

Elle referma son ordi et il se redressa. Le soir arrivait et l'ouest aspirait les dernières lueurs du jour. La lune était dans son premier quartier.

Vous devriez avoir une nuit tranquille demain, je parle de la météo. Un peu fraîche, mais c'est de la rigolade pour vous.

Je suis intervenue en opex par moins vingt-trois, une nuit de janvier, un froid où une simple envie de pisser devient un problème, avec un vent du diable. Quand j'ai vu pointer l'aube, j'en ai pleuré et mes larmes ne tombaient même pas jusqu'au sol.

Il craqua une allumette et alluma le feu. Elle redescendait après avoir pris une douche.

J'ai vu Marc ce matin, déclara-t-il pendant qu'elle attrapait une revue. Il veut lui rendre visite. Pas mal tendu, lui aussi. On va se tenir prêts à intervenir à la moindre dérive, mais c'est difficile de les empêcher de se voir.

Bien sûr, mais laisse-les se débrouiller. Méfie-toi de Michèle, non, je ne plaisante pas. Tu n'as aucune raison de t'en mêler. Ne t'occupe pas d'elle.

J'ai la même approche que toi, c'est clair. Tu as vu son sourire quand ils l'ont emmenée. Ça ne s'oublie pas. Mais je ne vais pas m'en mêler, sois tranquille. Je dépose Marc, je le récupère et je le ramène chez lui. C'est tout. Je ne peux pas faire moins. Je l'aime bien, ce type. Sinon, Michèle, je n'ai aucune raison de l'approcher. Je n'en ai jamais eu. J'ai juste voulu être un peu compatissant. C'est une maladie d'une infinie tristesse, je trouve.

Sur ce point, je suis d'accord. Je pense qu'elle n'en a pas fini avec les psys et les pilules, elle n'est pas tirée d'affaire. Nous non plus, par la même occasion.

À cause d'elle ou de façon générale.

Je ne sais pas, peut-être les deux. Toi et moi, par exemple, sommes-nous tirés d'affaire, je ne sais pas.

Bah, nous sommes toujours vivants, c'est peut-être une bonne indication. En tout cas, pas si mauvaise.

On verra. N'oublie pas que tu parles à une fille que tu as virée de chez toi il n'y a pas si longtemps.

Dit comme ça, c'est un peu brutal.

Je n'oublie pas le type invivable que tu étais devenu à la fin.

Là, c'est exagéré.

Il commanda des sushis. Marc appela pendant qu'Edith huilait le canon et la chambre de son Glock sur un coin de la table basse. Il ne perdait jamais une occasion de l'observer discrètement manipuler son arme, c'était à la fois beau, bluffant, édifiant, hypnotisant et l'appel de Marc avait rompu le charme.

Il vient de m'apprendre que sa femme, Iris, veut négocier, fit Luc en raccrochant.

Ça doit être la saison, cette manie de négocier, ricana Edith.

S'il accepte de divorcer, ils se partagent plus ou moins la garde de Paul. C'est ce que j'ai compris.

Moi, ce que j'ai compris, c'est qu'il ne faut pas avoir d'enfant.

Je t'en prie, ne parle pas de malheur. Remarque, il était plutôt gentil, ce gosse. C'est après qu'ils deviennent dingues.

Je ne sais pas, c'est surtout les nouveau-nés. Je ne peux pas les voir en peinture, tu sais bien. Je deviendrais folle. La seule vue d'un landau me fait éternuer. Mon médecin m'a dit que j'étais un monstre.

Une dernière bûche siffla dans la cheminée. Edith termina le feuilletage de sa revue après avoir remonté le Glock à la vitesse d'un joueur de bonneteau. Elle bâilla.

Je ne sais pas si l'on va se croiser demain matin, dit-elle en se levant. Ils vont venir me chercher assez tôt.

Je t'ai pris de quoi faire des sandwichs. Si l'on ne se voit pas tout à l'heure, rendez-vous la nuit prochaine. Préviens-moi si ça s'éternise, sinon je t'attendrai.

Il aurait aimé une brève étreinte – sans aucune arrière-pensée d'ordre sexuel – à la veille de l'épreuve qui les attendait, mais les démonstrations de tendresse n'étaient toujours pas inscrites à l'ordre du jour – c'était comme de s'embrasser avec la langue, bientôt ils ne sauraient plus comment s'y prendre – si bien qu'il n'insista pas – elle faisait déjà demi-tour pour monter à sa chambre – et il baissa la tête et fixa le sol devant ses pieds au moment où elle se tournait pour lui adresser un regard furtif qui se désintégra dans l'air après avoir manqué sa cible.

Edith était déjà partie quand il se leva après avoir travaillé dur une bonne partie de la nuit. Quelques nuages blancs, immobiles, flottaient dans le ciel bleu. Le fleuve enfonçait une immense traînée jaune-beige dans l'océan.

Marc n'était pas prêt. Il était au téléphone avec Iris, une conversation houleuse, des bribes de marchandage, des menaces, des gémissements, et Luc finit par lui indiquer sa montre et l'invita à enfiler un pantalon et comme Marc ne l'entendait pas, comme Marc l'ignorait et ne manifestait aucun désir de mettre un terme à son coup de fil, il attrapa la poignée de la porte en disant bon, écoute, on remet ta visite à une autre fois, quand tu auras le temps.

Durant le trajet, Luc lui jeta plusieurs coups d'œil avant de lui demander d'arrêter de faire cette tête.

Je sais pas quoi lui dire, grogna Marc. Je la reconnais plus. Elle m'échappe.

Le mot était faible. L'ironie était absente. La cécité complète. Il ajouta qu'il n'arrivait plus à la suivre depuis une paye.

Oui, c'était mon sentiment, grimaça Luc alors qu'ils étaient coincés dans un de ces embouteillages qui montrait bien que cette civilisation était fichue, devenait grotesque. Mais Michèle n'est pas une personne d'un maniement très aisé, tu as fait ce que tu pouvais. En tout cas, on ne te demande pas de faire un discours. Tu viens la voir, tu avais envie de la voir, tu es content de la voir, tu brodes autour de ça, j'en sais rien. En attendant, regarde le bordel dans lequel on s'est mis. Mais dis-moi un peu où vont tous ces gens, est-ce qu'ils fuient ou est-ce qu'ils s'agglutinent.

Bon, s'il te plaît, écoute-moi une minute, annonça Marc. Parce que voilà, j'ai plus trop envie de la voir.

Luc ferma les yeux un instant avant de réagir.

Arrête. Tu n'as pas besoin d'en avoir envie. Elle attend ta visite. Et c'est toi qui as voulu cette rencontre. On croirait que tu as rendez-vous chez ton dentiste.

Non, c'est pas ça, c'est Iris. Elle n'est plus avec son avocat. Je m'y attendais. Ce type est une ordure.

Je suis content pour elle, mais quel rapport.

J'ai proposé à Iris de tenter une expérience. Je lui ai dit qu'Edith et toi aviez peut-être trouvé la bonne solution. Je vous ai observés.

Enfin oui et non, car c'est au prix d'une discipline rigoureuse, tu t'en doutes. Il y a des tas d'obstacles à surmonter, les vieilles pommes de discorde, les pièges de la vie quotidienne, les impondérables, la fatigue, les réflexes intempestifs. Connaître le terrain ne met pas toujours à l'abri, mais on évite les erreurs les plus grossières. C'est – et tu t'en apercevras vite – éminemment appréciable. Ce n'est pas de séduire une femme qui est difficile, c'est de la garder.

La voie express était totalement bloquée. Des gens sortaient de leur voiture pour voir. Des enfants commençaient à pleurer. Luc pesta après avoir jeté un coup d'œil à sa montre.

Je crois qu'il y a une chance à saisir, déclara Marc dont le visage s'éclairait comme sous l'effet d'une brosse à reluire. Je croise les doigts. On est en pleine discussion, Iris et moi. Je crois que nous avons mis un pied dans la porte.

Bon, encore une fois, et surtout au début, d'entrée, il faut s'imposer des règles strictes, il faut y aller mollo, et c'est là que cette connaissance du terrain dont je te parlais intervient, et c'est toute la différence. Propose-lui un mois à l'essai, ça va la rassurer.

Tu as raison. Bonne idée.

Avec Edith, j'ai utilisé le marquage au sol et un rouleau de deux cent cinquante mètres de rubalise pour toute la maison, au moins dans un premier temps. Sauf la cuisine, bien sûr, qui doit rester un no man's land.

Oui, je vois très bien. Ça amusera Paul.

Mais je dois te dire une chose, la plus importante de toutes. La cerise sur le gâteau, en cas de réussite, c'est un regain d'estime de soi.

Lorsqu'ils parvinrent à destination, ils avaient près d'une heure de retard. Au moins avaient-ils utilisé ce temps perdu à retrouver de cette proximité amicale qu'ils avaient connue avant l'arrivée d'Edith et de Michèle – ce qui ne voulait pas dire que la vie était mieux sans les femmes, la vie était une abominable merde sans les femmes, en étaient-ils convenus tandis qu'ils se garaient sur le parking de la clinique. Luc était satisfait d'avoir persuadé Marc de ne pas compliquer les choses en lui faisant miroiter le calme qu'il pourrait tirer de leur séparation de fait, Michèle et lui, sans qu'il soit besoin de mettre les pieds dans le plat.

Parce que du calme, tu n'en auras pas de trop si ton projet avec Iris se réalise, et il va se réaliser, je le sens bien.

N'oublie pas les fleurs sur la banquette arrière, dit-il à Marc qui se recoiffait d'une main dans le miroir de courtoisie. Tu lui dis que tu as compris que ce séjour lui ferait du bien et tu arranges les fleurs dans un vase. Dès que tu en as assez, tu me fais signe et on s'en va.

Georges les intercepta dans le hall.

Sa chambre est vide, leur annonça-t-il d'un air sombre.

Les nuages se multiplièrent dans l'après-midi et le bleu du ciel se réduisit comme une peau de chagrin. Les premières gouttes tombèrent sur le chemin du retour, lorsque Marc et lui se séparèrent en bas de leurs maisons respectives. Il fronça les sourcils mais la pluie s'arrêta aussi vite qu'elle avait commencé.

Michèle s'était bien foutue d'eux. Il accrocha sa veste dans l'entrée et se servit un verre. En tout cas, elle avait flanqué sa journée en l'air. À jouer à cache-cache, à faire la conne, et pour finir lui adresser un regard qu'il avait reçu en pleine poitrine, un coup de bélier. Cette fille, on l'aurait brûlée en des temps plus obscurs. Elle était réapparue comme par magie.

Michèle, mais où étais-tu passée, s'était écrié Marc.

Je suis allée me promener. Pourquoi, je n'ai pas le droit.

Bien sûr que tu as le droit, l'avait rassurée Georges. Mais tu dois les prévenir, à l'accueil, que l'on ne te cherche pas partout.

Elle avait fait son numéro.

Il s'attendait à quoi.

Il s'en alla tirer quelques séries de flèches avant la nuit. Il rentra au crépuscule, éteignit les projecteurs. Et juste avant l'obscurité totale, il se remit à pleuvoir.

Mais cette fois vraiment pleuvoir

Mais cette fois vraiment pleuvoir, un véritable déluge que, médusé, Luc regardait s'abattre sur les alentours. Il fallait se lever de bonne heure pour avoir une malchance pareille, se dit-il en songeant aux commandos qui allaient procéder à l'échange dans ces conditions exécrables. Edith ne devait pas voir grand-chose sur ses écrans et elle devait se ronger les sangs. Aux infos, ils conseillaient aux gens de rester chez eux, de surélever les meubles, de prendre leur mal en patience.

Un instant, il posa un pied sur la première marche de l'escalier qui menait aux chambres, avec la vague idée de se mettre à son roman mais il l'écarta bien vite. Il savait toujours, à l'avance, quand ça n'en valait pas la peine. Parfois il restait assis des heures sans pouvoir écrire une seule ligne mais la sécheresse faisait partie du jeu, il ne fallait pas être trop gourmand, au moins il essayait d'écrire et c'était l'intention qui comptait.

A priori, la pluie n'était pas mauvaise pour travailler, un peu de vague à l'âme ne faisait pas de mal de temps en temps, mais il n'entendait aucune voix au fond de lui, aucune envie, de sorte qu'il s'engagea dans l'escalier, passa devant sa chambre et monta au grenier.

Il avait accueilli d'un assez bon œil, un matin, de voir Edith arriver avec une valise pleine de ses affaires – en tout cas ce qu'elle appelait le minimum. Il avait souri sans faire de commentaire, mais cela signifiait qu'elle s'installait un peu plus. Il se souvenait, aujourd'hui, du soulagement qu'il en avait conçu à ce moment-là. Et il éprouva ce sentiment une nouvelle fois en pénétrant dans la chambre qu'Edith occupait pour l'heure.

Il n'y avait jamais mis les pieds en son absence. Le lit était fait. Il s'allongea dessus en gardant les mains dans ses poches. La pluie ne faiblissait pas. Certes, ils avaient encore quelques échelons à gravir, quelques zones à se réapproprier, mais en imaginant qu'ils y parviennent, que se passerait-il ensuite. Il n'en savait rien. Il ne s'était jamais enfoncé aussi loin en territoire inconnu. Que se passait-il une fois que l'on atteignait une sorte d'équilibre.

En attendant, il pensa à Edith, au cloaque dans lequel l'opération devait se dérouler et elle dans son engin blindé, à maudire tous les dieux de la terre. Il resta là un bon moment sans bouger, les yeux au plafond. Il y avait encore la marque des étoiles que sa mère avait arrachées quand elle avait jugé qu'il était trop grand et, pour la première fois, il l'avait détestée. Puis il redescendit pour manger quelque chose.

Il arrivait dans la cuisine quand on frappa à sa porte.

Michèle, mais c'est pas vrai. Mais qu'est-ce que tu fabriques, fit-il entre ses dents.

Elle ruisselait. Elle ne semblait pas s'en rendre compte. On sentait qu'elle se retenait, mais jusqu'à quand.

Je peux te poser une question, lâcha-t-elle.

Non, sûrement pas. Écoute, j'attends du monde.

Elle tapa du pied. Je peux savoir qui c'est, fit-elle avec aigreur, cette femme qui tourne autour de toi, je peux savoir ce qu'elle fait tout le temps là.

Michèle, je t'appelle un taxi.

Mais c'est qui, bordel. C'est quoi ce jeu. À quoi tu joues avec moi.

Il commanda le taxi. Voilà, il sera là dans une minute. Va où tu veux, c'est prépayé. Mais je te conseille de retourner à la clinique. Et tu peux lâcher ma chemise, s'il te plaît.

Si elle avait été une bouilloire, elle se serait mise à siffler. La pluie tombait dans son dos, crépitait sans relâche et formait comme une brume au-dessus du sol. Voyant qu'elle ne se décidait pas à lâcher prise et paraissait plutôt encline à poursuivre leur face-à-face, les yeux dans les yeux, il lui saisit le poignet et tira dessus d'un coup sec. Dans un craquement sinistre, quelques boutons de la chemise roulèrent à ses pieds.

Ton taxi est là, lui dit-il en se baissant pour les ramasser. Ne m'oblige pas à t'y amener, tu le regretterais.

Il rentra en lui claquant la porte au nez. Il était sur le point d'appeler Georges mais il se ravisa, il ne voulait pas lui mettre tout sur le dos, si bien qu'il se rabattit sur la clinique, il leur demanda s'ils étaient au courant qu'il leur manquait un de leurs pensionnaires et qu'est-ce qu'ils fabriquaient au juste et allaient-ils régler le problème en vitesse ou fallait-il qu'il appelle son père pour lui en parler. Quand il regarda l'heure, il commença à trouver le temps long.

Il alla changer de chemise. Avait-elle deviné que c'était Edith qui la lui avait offerte. Quoi qu'il en soit, durcir les consignes la concernant devenait une nécessité dans un premier temps.

L'empêcher d'aller et venir à n'importe quelle heure du jour et de la nuit s'avérait indispensable. Il avait l'intention d'avoir une longue conversation dès le lendemain avec Georges pour discuter de ce qu'il convenait de faire avec elle. Après la scène qui venait d'avoir lieu, fallait-il s'attendre au pire, était-ce le dernier degré de l'escalade avant l'explosion finale, personne n'aurait pu le dire.

Il enfila un tee-shirt et se tourna vers la fenêtre en entendant un bruit de moteur malgré le ronflement de la pluie. L'engin d'Edith remontait l'allée dans des gerbes d'eau boueuse puis tournait vers le garage. Il était satisfait que ce soit terminé, qu'elle soit de retour, et il descendit pour l'accueillir avec un parapluie – qui s'envola à la première bourrasque, de sorte qu'il fut trempé en une seconde.

La porte du véhicule s'ouvrit et deux enfants en descendirent. Puis une jeune femme rousse, au visage constellé de taches de rousseur. Puis Edith enfin. Les mâchoires serrées. Qui lui attrapa fermement les bras tandis qu'il affichait des yeux ronds. Elle ruisselait, grimaçait. Écoute-moi, fit-elle en accentuant sa prise, ça va très mal là-bas, on essuie des pertes. Je te confie les otages. Je peux pas rester. Je dois y retourner. Tiens-toi sur tes gardes. Je reviens.

Il se sentit tel un aveugle qui marchait tranquillement et qui met soudain un pied dans le vide et bascule.

J'avais ta parole, finit-il par déclarer.

Elle ne répondit rien, croisa son regard et referma sa portière. Puis elle fit un signe au chauffeur qui effectua un demi-tour à toute allure, de quoi labourer le sol et envoyer une giclée de boue en direction de Luc qui l'évita in extremis.

Il suivit un court instant d'un regard sombre la progression du véhicule s'éloignant dans un nuage de projections écumantes comme un hovercraft fantomatique lâché en pleine mousson. Après quoi il se tourna vers la maison pour s'assurer qu'il n'avait pas rêvé mais il les trouva bien là, les deux enfants et la fille, alignés devant sa porte, abrités par l'avant-toit contrairement à lui qui n'avait plus un seul poil de sec.

Il les fit entrer et ferma à clé derrière lui. Il leur dit de ne pas s'approcher des fenêtres et d'aller voir dans le frigo pendant qu'il montait se changer. La tendance qu'Edith avait à le mettre devant le fait accompli ne datait pas d'aujourd'hui, mais les histoires dans lesquelles elle n'hésitait plus à l'impliquer devenaient autrement sérieuses à présent – il n'oubliait pas le type qu'ils avaient balancé au fond de la mine.

Il se frictionna, se changea et redescendit voir les otages. Les deux enfants dormaient carrément debout. La jeune femme déclara qu'elle était leur gouvernante, qu'elle s'appelait Nadine, que ces enfants étaient ceux de l'ambassadeur et qu'ils n'en pouvaient plus. Il voulait bien la croire. Un peu hagards, pas très propres, assez pâles, ils devaient présenter mieux en d'autres circonstances – le petit garçon avait une manche de son blazer d'une drôle de couleur mais ils n'étaient pas en mauvaise santé, visiblement.

Il leur demanda s'ils avaient faim ou soif, en attendant. Il crut que Nadine allait se jeter à ses genoux lorsqu'elle déclara qu'ils ne souhaitaient qu'une chose. Prendre une douche. On sentait la bonne éducation. Cependant, Luc resta décontenancé un instant car, dans son esprit, Edith était censée revenir sous peu et les prendre en charge, les embarquer ailleurs, où elle voulait, le plus vite possible. Les laisser prendre une douche risquait de tout ralentir alors que lui aussi ne souhaitait qu'une chose. Que cette journée sans fin se termine, que tout le monde aille au diable.

D'accord, mais en vitesse, finit-il par lâcher. Il les conduisit à la salle de bains de sa chambre, la seule à posséder une baignoire. Nadine aida les deux enfants à se déshabiller pendant qu'il allait chercher des serviettes. Il jeta un coup d'œil à son téléphone, mais il n'y avait rien et il pleuvait sans discontinuer.

À son retour, les enfants pataugeaient et Nadine, derrière un voile de buée, s'activait dans la cabine de douche. Elle ne chantait pas, mais presque. Il leur annonça qu'ils avaient cinq minutes. Il tournait les talons quand son téléphone vibra. Un message d'Edith. Luc, c'est moi, disait-elle, sortez de là, éloignez-vous de la maison. La gosse a un mouchard dans la doublure de son manteau. Sortez par-derrière. Tout de suite.

Il cogna sur la vitre de la cabine. On doit filer en vitesse, lança-t-il. On n'a pas une seconde à perdre.

Il sortit les enfants de la baignoire, les enroula dans une serviette tandis que Nadine renfilait ses sous-vêtements à toute allure. Ils dégringolèrent les escaliers, les cheveux encore mouillés, les visages fermés, aussitôt dans le bain du chaos dont on les avait à peine tirés. Ils traversèrent le salon plongé dans la pénombre en file indienne, pliés en deux, sans échanger une seule parole.

Au moment de mettre un pied dehors, il s'avisa que la pluie avait baissé en intensité mais restait généreuse et qu'il faisait froid. Il fit un aller-retour express au sous-sol et remplit un sac à dos de couvertures de survie, de vieux pulls et autres bricoles, après quoi il ferma le compteur et ils s'élancèrent vers le fond du jardin et s'enfoncèrent dans la pinède et disparurent.

Avant de continuer, il s'assura que tout allait bien puis il les mena sans hésiter par des chemins qu'il connaissait comme sa poche mais qui pouvaient s'avérer inextricables, surtout dans l'obscurité, pour ceux qui n'étaient pas du coin. Ils s'arrêtèrent devant un petit cours d'eau qui dévalait en ronflant et il échangea le manteau de la fillette contre un gros pull lui tombant sous les genoux, puis il se redressa et il envoya le manteau dans le courant qui aussitôt l'emporta – Luc ne venait pas de se faire une amie à en croire la mine boudeuse de la fille de l'ambassadeur, mais le sacrifice était indispensable. Il sentit la tension diminuer.

Ils trouvèrent refuge non loin de là, sous une plaque rocheuse en surplomb. Luc ne voulait pas trop s'éloigner car il n'avait plus de réseau depuis qu'ils étaient entrés dans les bois et ils restaient suspendus à l'arrivée d'Edith. Mais encore fallait-il savoir quand elle serait à pied d'œuvre, précisa-t-il à la jeune gouvernante, qu'ils puissent la rejoindre sans danger Quant à moi, mon rôle sera terminé, l'armée vous prendra en main.

Il était deux heures du matin lorsqu'un fumigène blanc s'éleva au-dessus de la pinède. Luc ne s'était pas assoupi comme les autres mais son esprit avait divagué sans fin, de sorte qu'il lui fallut un instant pour revenir sur terre. Il repoussa lentement Nadine qui s'était un peu avachie contre son épaule et s'avança à découvert. Il ne pleuvait plus mais les arbres s'égouttaient. Il s'écarta sur le côté afin d'obtenir une vue plus dégagée et constata que la fumée provenait bien de chez lui. Edith avait mis le temps. Il s'ébroua puis s'en alla quérir les otages.

Il porta la gamine sur ses épaules. La nuit était encore profonde. Il avait tellement plu que les grenouilles chantaient. Edith ébaucha un sourire en les voyant arriver, elle les fit entrer en vitesse tout en cherchant le regard de Luc, mais celui-ci se garda bien de la satisfaire et il passa devant elle sans rien dire. Il déposa la fillette sur le canapé et ajouta une bûche dans la cheminée. Il remarqua alors qu'Edith était couverte de sang.

Je n'ai pas eu le temps de me changer, expliqua-t-elle en suivant son regard. J'ai évacué un blessé.

Il hocha vaguement la tête. Nadine demanda si elle pouvait monter remettre un peu d'ordre dans la salle de bains qu'ils avaient quittée en urgence quelques heures plus tôt. Luc répondit que ce n'était pas nécessaire, sauf si ça l'amusait. Elle monta.

Dos à la cheminée qui rougeoyait dans la pièce, ils observèrent les deux enfants endormis tête-bêche sur le canapé.

On a perdu trois hommes, dit-elle. Et on a un blessé mal en point.

Luc se servit un verre.

Pour nous, c'est un bilan effroyable, poursuivit-elle. C'était ce que je craignais. Et cette marmelade de boue dans laquelle on a pataugé. Il a tellement plu à un moment donné qu'on n'y voyait plus rien et les balles ont commencé à siffler. Ça venait de partout. Mais au moins on a exfiltré les otages et c'était tout ce qu'ils demandaient. Ils m'ont dit que j'avais limité la casse.

Elle se servit un verre à son tour.

Luc, déclara-t-elle, je sais que tu n'es pas content et je sais pourquoi tu n'es pas content. Mais tu pourrais te mettre à ma place. Je n'avais rien prémédité du tout. Je ne pouvais rien faire d'autre.

Tu m'as mis deux enfants sur les bras, sans me demander mon avis, et tu es repartie aussi sec.

Je n'avais pas le temps de discuter.

Il ricana et lui tourna le dos pour se confectionner un sandwich. Il la sentait tiraillée vis-à-vis de lui, hésitant entre l'offensive et la défensive. Elle semblait accuser le coup après les événements de la nuit, mais il était bien placé pour savoir que cette femme avait de la réserve et pouvait bien lutter jusqu'à son dernier souffle.

Et tu proposes quoi, maintenant, demanda-t-il en partageant son en-cas avec elle. Parce que j'ai eu, moi aussi, une journée assez longue et j'aimerais qu'on en finisse.

Il n'était pas facile d'analyser le sentiment qu'elle éprouvait pour lui à cet instant précis car elle n'y parvenait pas elle-même. Il s'agissait plutôt d'une succession de sentiments contradictoires qui se chevauchaient sans qu'aucun ne parvienne à s'imposer dans cette ronde infernale.

Elle se rendit compte, cependant, qu'elle n'avait rien avalé depuis son départ de bon matin, et elle esquissa un bref sourire dans la pénombre car elle venait d'avoir la subite envie, dans l'instant, de le serrer dans ses bras. Pauvre folle. La fatigue, sans doute, songea-t-elle, ou un estomac trop vide – n'avait-elle pas vomi une bile brûlante à la fin des hostilités –, en tout cas, la collation venait à point nommé, pour quelque raison que ce soit.

Elle leva la main pour lui demander d'attendre qu'elle finisse la première bouchée. Il attendit. Il espérait qu'elle n'allait pas lui demander de se couper en quatre pour elle, parce qu'il était prêt à le faire.

Toujours aussi bons, déclara-t-elle. Mais quelle fichue nuit, quelle tristesse. On ne passe pas un marché avec des mercenaires, jamais. Je l'ai dit, mais ça n'a servi rien. Enfin bon. On nous envoie un hélico. Ils veulent éviter les surprises.

Il hocha la tête puis s'avança vers la fenêtre d'où il observa le ciel, les nuages à présent plus ou moins dispersés et le croissant de lune qui brillait dans une large trouée, vernissant l'herbe du jardin et les feuilles mortes. Edith s'approcha pour lui rappeler qu'il valait mieux ne pas rester planté à découvert. Il obtempéra et fit un pas de côté qui les mit épaule contre épaule. Le décor extérieur était vraiment paisible, à l'opposé du chaos qu'ils avaient traversé. Sans réfléchir, sans mauvaise pensée, comme par habitude, il la prit par la taille, d'une main légère.

Je me sens si mal de t'avoir entraîné dans tout ça, dit-elle.

Il voulut glisser la main vers les fesses d'Edith pour la remercier de ce doux mensonge, mais il effleura le Glock 17 coincé dans la ceinture de son treillis et suspendit son projet.

J'ai eu la visite de Michèle dans la soirée, annonça-t-il. Je ne te raconte pas. Ça n'a duré qu'une ou deux minutes mais je lui ai appelé un taxi et je l'ai fichue dehors.

Eh bien, c'est tout ce qui nous manquait, soupira Edith. Qu'il nous arrive une telle histoire avec cette fille. Ça m'a amusée au début, mais ça ne m'amuse plus.

Elle a déchiré ma chemise.

Quoi. Vous en êtes venus aux mains.

Non, pas du tout. Elle a empoigné ma chemise et je lui ai tordu le bras pour la faire lâcher. C'est tout. Mais elle m'a arraché quatre ou cinq boutons, que j'ai récupérés. C'est celle que j'aime, avec les palmiers. Je suis désolé. Tu sais, j'aurais préféré qu'elle m'arrache la peau, mais c'est comme ça, elle devient agressive. J'ai prévu d'appeler Georges demain. Et je vais demander à Marc de s'occuper de sa petite amie. Ce n'est pas à moi de le faire. Je sais qu'il a ses problèmes, mais j'ai aussi les miens. Ce n'est pas moi qui suis allé la chercher.

Elle l'interrompit en plissant les yeux, dressant l'oreille, l'index en l'air.

Ah, je crois que je l'entends, dit-elle.

Lorsque le ronflement du rotor s'amplifia, et avant même d'apercevoir l'hélico en approche, ils réveillèrent les enfants et Nadine les enveloppa ronchonnants dans des couvertures avant qu'ils ne comprennent ce qui leur arrivait.

Je sors la première, déclara Edith à l'intention de Luc qui se dirigeait vers l'entrée tandis que la masse sombre et bruyante du Cougar grossissait dans le jardin pris dans un ouragan.

Elle passa devant lui. Attendez mon signal, fit-elle en saisissant d'une main la poignée de la porte et de l'autre son Glock, ce qui fit songer à Luc, d'humeur mitigée, que la partie n'était pas encore gagnée – mais la détermination et le sang-froid dont Edith faisait preuve le rassurèrent et l'impressionnèrent bien plus qu'il n'aurait voulu l'avouer tandis qu'elle mettait le nez dehors. Il se demanda s'il méritait une femme de cette trempe, si un écrivain – dont une bonne part des commandos qu'elle côtoyait jour après jour s'accordaient à penser qu'un type qui passait son temps à noircir du papier, on s'en balek – méritait une femme d'une telle espèce.

Elle avait à peine fait quelques pas et le Cougar était sur le point de se poser quand une rafale d'arme automatique balaya la carlingue et obligea l'hélico à battre en retraite.

Luc fulmina. Edith rentra en trombe. Les enfants se pressèrent contre Nadine.

Okay, on ne pourra pas soutenir un siège, annonça Edith. On sort d'ici. Maintenant.

Elle échangea un coup d'œil avec Luc qui entraîna aussitôt les otages vers la cuisine cependant qu'elle vidait son chargeur au-dessus de la pinède. Ça peut leur donner à réfléchir une minute ou deux, dit-elle en les rejoignant. Ils sortirent par-derrière, filèrent dans l'obscurité jusqu'à la haie sans entendre de détonation. Ils dégringolèrent de l'autre côté de la butte et poursuivirent leur fuite sans se retourner jusqu'à une zone plus accidentée, rocheuse, davantage susceptible de leur fournir un havre provisoire. Ils soufflèrent et tendirent l'oreille mais aucun bruit inquiétant ne filtrait.

Edith donna un coup de main à Nadine pour ajuster les couvertures sur le dos des enfants qui commençaient à ne plus priser cette balade nocturne et froide dans la boue. Luc les comprenait. Il les trouvait courageux. Il surveillait les alentours mais la nuit encore très noire rendait l'exercice presque inutile. Mieux valait se concentrer sur le craquement d'une brindille ou l'envol d'un oiseau de nuit dérangé dans ses habitudes, or il n'y avait pas non plus de mauvais signal de ce côté-là.

Un type surgit pourtant de ce néant total et lui colla son couteau sous la gorge. Et Luc n'était pas encore revenu de sa surprise que déjà l'en attendait une autre à la seconde suivante quand son agresseur s'écroula d'un bloc avec une balle dans la tête. L'arme encore au poing, son sauveur annonça dans son micro-oreillette que la dernière cible était neutralisée tout en démontant le silencieux qui avait produit un petit bruit ridicule en explosant une tête comme une citrouille.

Bonjour sergent, lança ensuite le militaire à l'intention d'Edith.

Il était couvert de sang lui aussi

Il était couvert de sang lui aussi, et bien que s'étant rapidement nettoyé le visage à l'eau froide, le résultat n'était pas fameux et il dut attendre que tout le monde soit parti pour monter enfin prendre une douche. Edith occupait déjà la baignoire. L'eau était un peu rose.

L'aube se levait à peine, une bande de mousseline vitreuse irisée sur les bords. Ils échangèrent un pâle sourire.

Ils avaient dû s'occuper des enfants traumatisés pour commencer, leur trouver rapidement une tablette avec des jeux – le garçon avait déclaré qu'ils jouaient avec les mêmes en captivité –, rassurer les parents, les nourrir, leur expliquer que la mauvaise blague était terminée et qu'ils allaient rentrer chez eux. Ils avaient dû aussi patienter en attendant que les militaires fassent un dernier tour dans les parages pour s'assurer qu'ils avaient bien nettoyé la place – on a fait ça en silence, à l'arme blanche, c'est toujours mieux quand on peut, lui avait expliqué un gars posté devant la porte, mais il y a toujours la possibilité, surtout dans le noir, qu'un de ces enfants de putain soit seulement blessé et passe entre les mailles, enfin là ça devrait pas.

Puis attendre qu'ils aient tout remballé. Puis qu'ils fument une cigarette avec la permission d'Edith. Puis embrasser Nadine, embrasser les enfants, saluer à la cantonade.

Luc avait failli refermer sa porte d'un coup de pied. Il avait écouté jusqu'au bout le moteur de l'engin qui les emportait.

Edith proposa de lui laisser la place. Non, répondit-il, la douche suffira amplement. J'ai peur de m'endormir dans la baignoire. Eh bien, on peut dire que ces dernières heures nous auront gâtés, toi et moi. Si j'étais courageux, j'irais prendre mon arc. Il va bientôt faire jour. Sinon, si tu ne t'en sers plus, je prendrais bien l'éponge.

Elle la pressa et la lui lança. Il tira sur son teeshirt et l'écarta de sa peau avec une grimace de dégoût. Il poussa un gémissement en le passant par-dessus sa tête.

Le problème, dit-il en délaçant ses chaussures, c'est qu'à présent, je ne pourrai plus te croire.

Ça ne va pas nous faciliter les choses, répliqua-t-elle.

Non, ça va nous les compliquer. Mais comme elles le sont déjà, je ne sais pas ce que ça va donner. Tu avais promis.

Elle sortit de la baignoire et haussa les épaules. Pour répondre à ta question, nous verrons bien, fit-elle en enfilant un peignoir. La route est encore longue, tu sais. Je sens que je vais avoir du mal à m'endormir. Tu ne me rejoindrais pas en bas, pour boire un dernier verre, écouter un dernier morceau et profiter de l'aube.

Elle se rinça l'œil un instant à son insu tandis qu'il balançait son slip dans la corbeille à linge. Il lui répondit qu'il était partant pour un gin-tonic et qu'il écouterait bien *Leto* – il parlait de la bande originale du film, dont il ne se lassait pas depuis quelque temps, pas plus que du film, d'ailleurs, qu'Edith et lui avaient déjà vu trois fois.

J'arrive dans deux minutes, lança-t-il en mettant un pied dans la cabine de douche.

Elle descendit préparer les verres, tisonna les braises de la cheminée. Elle éprouvait à la fois un sentiment de victoire et d'échec, d'excitation et de lassitude. Au reste, et d'une manière générale, elle en était arrivée au point où elle doutait de ce qu'elle voulait vraiment. Et ce flou, cette incertitude naissante, cette diablerie, elle les devait à Luc. Leur ancienne liaison avait duré neuf mois et s'était terminée en catastrophe, il n'y avait rien à retirer des cendres. Néanmoins, il avait changé quelque chose en elle, plongé au plus profond de son être. Elle avait senti qu'elle n'était plus la même à cause de lui. Et bien qu'il n'y eût pas un seul homme au monde qu'elle eût détesté autant que lui, c'était cet homme-là qui la faisait tourner en bourrique, qui la provoquait chaque jour en combat singulier. Qu'il en fût conscient ou non. Qu'elle se résignât ou non à l'admettre – à moins de lui arracher les ongles un par un. Elle passait pourtant son temps avec des armoires à glace, des athlètes, de plus jeunes, de plus beaux, des bac plus deux ou trois, de petites bites, de longues bites, elle avait eu le choix, et pas un seul n'avait eu un tel effet sur elle, pas un seul n'avait égratigné sa cuirasse, sauf ce type là-haut qui prenait sa douche, l'écrivain, l'unique à y être parvenu – par l'opération du Saint-Esprit. Un drôle de candidat.

Il arriva en peignoir lui aussi, les cheveux rejetés en arrière, encore humides, l'œil étonnamment vif. Les premiers rayons de soleil sautaient déjà par-dessus la langue de brume qui plombait l'horizon. Edith s'approcha de lui sans dire un mot. Il était prêt à lui proposer de sortir quelques minutes pour prendre l'air, vérifier que le calme était bien revenu, que la page était tournée, mais elle avait visiblement une autre idée en tête.

Il n'était pas contre, mais depuis l'accord qu'ils avaient passé, depuis qu'ils s'interdisaient les préliminaires – des pièges grossiers, étaient-ils convenus, trop faciles à surinterpréter, trop promis à des lendemains qui déchantent –, le rapport sexuel de base ne soulevait plus le même enthousiasme. Ils le savaient tous les deux. Mais c'était ça ou basculer dans une rivière de feu.

Il lui mit la main lorsqu'elle fut à proximité, le peignoir ouvert. S'il avait pu lui dire quelques mots, il se serait déjà mis à bander, mais là, dans ce silence blafard, c'était encore un peu juste. S'il ne pouvait pas lui rouler une pelle ou lui mettre un doigt, à quoi cela rimait-il au juste, est-ce que ça voulait dire quelque chose de simplement l'enfiler. Non, ça ne voulait rien dire, mais il l'entraîna sur le tapis en pensant avec rage aux privations qu'ils s'étaient imposées. Ou comment jeter le bébé avec l'eau du bain.

Il lui écarta cependant les jambes et la pénétra en regardant des particules de poussière flotter dans un rayon de soleil qui vibrait devant lui entre les pieds de la table. Et soudain, comme un type qui traverse la rue sans regarder, il se colla sur elle et l'embrassa dans le cou. Le genre de mièvrerie tout à fait interdite. Un instant d'égarement dont il s'apprêtait à s'excuser mais bizarrement, elle ne broncha pas. Il n'en continua pas moins son allure, mais les sens davantage en éveil. Et lorsque jouant son va-tout, il lui introduisit sa langue dans l'oreille et qu'elle ne l'envoya pas rouler dans la poussière comme une lionne dans la savane et qu'elle commença à gémir, il songea qu'il pourrait bien aller brûler un cierge en sortant.

Ils décidèrent de parler de tout cela plus tard, à tête reposée. Il ne voyait pas bien ce qu'il y avait à en dire mais il ne voulait pas la contrarier après le feu vert qu'elle avait donné sans réserve aux anciennes pratiques. Avait-elle attendu cette libération aussi douloureusement que lui, se demanda-t-il cependant qu'elle lui prenait le visage entre les mains et le baisait sur la bouche avant de le conduire le nez en avant sur le chemin de son entrejambe.

De sorte qu'ils se couchèrent en milieu de matinée, après avoir hésité une seconde avec les chambres, mais chacun regagna la sienne sans qu'on sût bien pourquoi, après un signe de connivence. Quelques coups de tonnerre réveillèrent Luc un peu plus tard mais il ne tombait pas une seule goutte et le ciel était clair. Il se pencha à la fenêtre et découvrit Marc en train de cogner à sa porte.

Tu as de la lumière chez toi, lui demanda celui-ci.

Luc se tourna vers un interrupteur, l'actionna sans succès.

Ah, mais c'est toute cette pluie de merde qui est tombée, pesta Marc. C'est bien ma veine. Iris va détester ça. Et c'était quoi ce bordel dans la nuit.

Oui, des bruits d'hélicoptère, des détonations. Je n'en sais rien. Je n'ai pas eu envie de me lever pour voir de quoi il s'agissait. J'ai pris un somnifère.

En tout cas, si tu veux des bougies, j'ai des réserves dans le garage. Ils sont capables de ne pas nous remettre le courant avant la nuit. Et Iris arrive ce soir, elle vient commencer son mois à l'essai et je vais l'accueillir dans une grotte, pas d'eau chaude, pas de frigo, pas Internet, pas de télé, c'est ça être maudit.

Il se recula pour faire signe à Edith qui ouvrait sa fenêtre. Merci pour ce raffut de bon matin, fit-elle avant de disparaître.

Ça y est. Elle va encore m'avoir dans le nez, soupira Marc avant de rebrousser chemin.

Edith le supportait. C'était à peu près tout ce qu'elle avait à lui offrir. Elle ne lui avait pas balancé un seau d'eau, la limite était là. Elle vérifia que le courant était coupé et elle s'habilla en reconsidérant la proposition de Marc. Elle n'irait certainement pas les chercher elle-même, non, mais elle enverrait Luc, car des bougies, quand approchait la saison des tempêtes et des pluies, on en avait toujours besoin – quand venaient les heures sombres, plus personne ne faisait la fine bouche.

Tu ne veux pas de sa compagnie, mais tu veux bien de ses bougies, dit-il en souriant.

Oui, c'est exactement ça.

Quelle mentalité, feignit-il de se formaliser.

Elle s'était assise en tailleur devant la table basse et nettoyait son arme. Elle voulait profiter de la lumière du jour, si jamais ils ne rétablissaient pas le courant dans la soirée. Les informations étaient rares, parfois contradictoires. Georges, qui venait d'arriver, avait vu son chapeau s'envoler dans une forte bourrasque. Des dizaines de milliers de foyers sont privés d'électricité à cause des inondations à travers le pays, annonça-t-il. On va ressortir les lampes à huile.

Elle s'allongea sur le canapé afin que Georges lui retire ses points. Il s'aida d'une loupe pour examiner la blessure. Continue comme ça, soupira-t-il, et tu auras une belle cicatrice, bien moche, mais c'est toi qui vois. N'importe qui peut comprendre qu'on ne tire pas sur une plaie en train de cicatriser. Mais tu as fait quoi, tu as participé à un déménagement, je suppose.

Ah, ce n'est pas moi qu'il faut regarder, déclara Luc. J'avais sa parole.

C'est vrai. J'ai eu tort de te la donner. J'ai pensé que tu comprendrais.

Je ne suis pas très fan de paroles que l'on peut reprendre au moment où ça nous chante. Et quand ça vient de toi, encore moins. Je comprends, mais j'ai du mal à l'admettre. Ceci dit, n'en parlons plus.

Georges coupa les fils, ôta ses gants. Il y a plus ennuyeux, annonça-t-il en rangeant sa trousse. Michèle n'est pas rentrée de la nuit. Elle n'a ni papiers ni argent. Elle s'est volatilisée.

Pour dire la vérité, Luc était moins préoccupé par la disparition de Michèle depuis la veille – elle pouvait aller en enfer – que par ce chemin qu'il empruntait avec Edith. Il s'était demandé en descendant l'escalier s'il allait sentir une différence après les événements de la nuit, en particulier sexuels, mais soit c'était manqué, soit elle cachait bien son jeu. Pas sûr qu'il finisse par la connaître un jour.

Bien que le vent demeurât soutenu après le départ de Georges, tête nue au milieu des rafales, du moins le ciel ne s'encombra-t-il pas de nuages et la météo ne prévoyait aucune pluie. Il en allait autrement pour le retour de l'électricité qu'il ne fallait pas attendre avant deux ou trois jours sur le littoral.

Tu ne vas plus pouvoir écrire, dit-elle.

Je finirai à la main s'il le faut. On est entraîné pour.

Les jours raccourcissaient. Elle termina de nettoyer puis de remonter son arme alors qu'on n'y voyait plus grand-chose et elle poussa un soupir de soulagement.

Il va falloir penser aux bougies, dit-elle tandis que Luc peinait à finir une nouvelle de Raymond Carver en raison de la sombreur qui s'installait alentour. J'ai beau la connaître par cœur, j'en ai les larmes aux yeux en arrivant à la fin, confia-t-il en se levant. Il appela Marc pour les bougies, mais celui-ci était en train de faire ses courses avant d'aller chercher Iris à l'aéroport.

Mais tu n'as qu'à te servir, répondit Marc, la porte du garage est ouverte. Bon Dieu, c'est ma femme et pourtant j'ai le trac.

Ça va, c'est un bon départ. Ça ressemble à une remise à zéro. En tout cas, j'ai hâte de rencontrer Iris.

Je suis dans la rue et tout est noir à part quelques trucs et les voitures qui sont presque à l'arrêt, embouteillées. Elle va se demander dans quel piège elle est tombée.

Elle ne va rien se demander du tout, elle sait ce qu'elle fait. Elle ne vient pas pour admirer le paysage, arrêtons de les prendre pour des imbéciles.

Il enfila un blouson, releva le col et mit un pied dehors, entre chien et loup.

De son côté, Michèle était perdue. Elle ne savait plus très bien où elle était ni ce qu'elle faisait là. Elle avait froid. Elle frissonnait rien que d'y penser. Elle avait l'impression d'avoir dormi pendant des jours, d'ailleurs elle avait mal aux fesses et s'aperçut qu'elle avait passé tout ce temps assise, recroquevillée dans le fond d'un placard métallique dont elle s'extirpa à quatre pattes.

Elle mit plusieurs minutes avant de reconnaître les lieux – le vélo de Paul, ses jouets, le bazar que Marc entreposait sans trop se casser la tête, tout finit par surgir de la pénombre et par provoquer de vives étincelles dans son cerveau encore embrumé. Elle se frotta vigoureusement les bras et les cuisses. Elle se souvenait de ce terrible orage à présent, de la pluie qui cinglait, des trombes d'eau qui dévalaient du ciel. En revoyant soudain la scène où Luc lui tordait le bras et la flanquait dehors comme une malpropre, elle blêmit et piocha un mouchoir de papier dans son sac pour éponger son front glacé. S'il voulait la voir verser des larmes de sang, il n'avait qu'à continuer. Elle serra les dents. Elle ne comprenait pas ce qu'il avait dans le ventre, ce qui l'empêchait de mettre fin à l'atroce comédie qu'il lui jouait et qu'il se jouait aussi.

Elle ne pouvait pas croire que cette salope avec laquelle il s'affichait puisse être la seule raison de la résistance grotesque qu'il lui opposait. Le mal était profond chez lui. Plongé jusqu'à la moelle dans le déni. Ça n'avait rien à voir avec le sexe, elle n'y pensait même pas. En tout cas, la vérité devrait finir par éclater au grand jour, d'une manière ou d'une autre.

Elle remarqua que le rai de lumière naturelle qui passait sous la porte devenait gris et rétrécissait à vue d'œil. Il allait bientôt faire nuit. Il fallait qu'elle bouge. Elle se leva d'un carton d'eau minérale qui lui avait servi de siège mais elle ne tarda pas à s'y rasseoir, prise de vertiges. Elle se toucha la gorge car elle respirait mal. Elle avait l'impression qu'elle se casserait en morceaux si on la faisait tomber. Ce qui ne l'empêcha pas de se jeter sur le sol et de ramper derrière les caisses cependant que la porte s'ouvrait et que Luc balayait le garage de sa lampe électrique.

Il tomba aussitôt sur les bougies. Il esquissa un sourire et en attrapa une boîte de cinquante. Puis il ressortit et referma derrière lui pendant que Michèle restait prostrée sur le ciment, le poing serré contre la bouche, le souffle court. Il était trop tôt pour l'affronter. Elle s'était consumée sur place durant les trente secondes qu'avait duré la présence de Luc mais elle avait renoncé à le provoquer de nouveau en pensant qu'il était peut-être toujours fâché contre elle. Serrant ses genoux contre sa poitrine, elle attendit qu'il disparaisse, elle écouta son pas décroître. Elle ne serait pas parvenue à lui tenir tête, pas maintenant, elle l'avait très bien senti.

Elle éternua. Elle entrouvrit la porte et le regarda remonter vers chez lui. La meilleure solution aurait été de l'enlever et de l'enfermer dans une cave au pain sec et à l'eau jusqu'à ce qu'il ouvre les yeux. C'était un vrai salaud de toute façon, pour la faire souffrir comme il la faisait souffrir, de cette insupportable façon. Elle se demandait parfois s'il n'était pas un peu malade.

Elle se serait bien épargné d'apercevoir cette pouffiasse qui attendait Luc en lui tenant la porte parce que le pauvre chou avait attrapé deux bûches au passage. Alors qu'elle frissonne de froid dans l'obscurité. On croit rêver. Et tout à coup, comme elle portait les yeux au hasard sur les ombres alentour, son cœur fit un bond et elle mit la main sur une vieille canadienne avec un col de fourrure, roulée en boule sur une étagère. Elle avait hésité à la jeter et elle s'en félicitait à présent en l'enfilant avec une euphorie rageuse.

Luc déposa les bougies sur la table et le bois directement dans la cheminée. Edith s'empressa d'en allumer une. Dehors le vent ronflait et l'on sentait sa pression sur la maison, ses coups d'épaule acharnés. En quelques minutes, ils en avaient allumé une vingtaine qu'ils avaient réparties dans le salon et jusque dans l'escalier. On se serait cru dans une vitrine de Noël. Ils se félicitèrent du résultat, des ombres qui dansaient sur les murs et tremblaient quand le moindre souffle passait sous la porte, de la douceur étrange qui se dégageait de ce réjouissant éclairage. Dans cette lumière, le gin-tonic était fluorescent et le vent hululait aux fenêtres.

Il termina la nouvelle de Raymond Carver en mangeant un esquimau cependant qu'Edith suçait le sien en parcourant les messages sur son téléphone. Comme elle se levait, il tendit la main vers elle pour l'asseoir sur ses genoux. Le succès de l'entreprise, bien que l'environnement se présentât sous les meilleurs auspices, était loin d'être acquis car Edith se montrait rarement portée sur ce genre d'effusion sentimentale – d'autant qu'ils n'étaient plus novices –, mais c'était jouable. Qui savait ce que l'avenir leur réservait. Qui donc pouvait encore hésiter aujourd'hui quand les trains roulaient à 300 à l'heure. Avant que les réponses ne lui parviennent, elle vint se glisser entre ses bras et il n'en fallut pas davantage pour qu'il plonge une main dans sa culotte et la referme sur sa fente avec l'air de ne pas y toucher comme un oiseau las regagnant son nid dans un ultime vol plané halluciné.

Il lorgna un instant le tapis où ils avaient leurs habitudes, mais l'affaire était si bien emmanchée qu'il s'enhardit à lui proposer la suite des opérations dans sa chambre. Rien de très original. Cependant, il s'agissait là de l'un des derniers garde-fous qu'ils avaient mis en place afin de ne pas capituler en rase campagne – on pouvait tout perdre, fors l'honneur. Partager la même chambre, se réveiller dans le même lit. Sans vouloir brûler les étapes, il se sentait prêt à profiter de l'ouverture qui se présentait – et qui peut-être ne se représenterait pas de sitôt.

Elle acquiesça. Au cas où elle n'aurait pas été claire, elle ôta ses chaussons chinois, se débarrassa de son bas de jogging en s'aidant de ses seuls pieds nus, l'envoya valser et se plaça sur Luc à califourchon, le serra contre elle avant de lui administrer un de ces baisers comme on n'en voit qu'au cinéma, limite sauvages, et que l'on se demande comment ces gens-là font pour simplement penser à respirer.

Néanmoins, elle s'écarta brusquement de lui, en pleine action, et fronça les sourcils en levant la tête.

Tu n'as rien entendu, demanda-t-elle.

Interdit, Luc, qui venait de faire sauter l'attache de son soutien-gorge, l'interrogea du regard.

Le cri d'un oiseau de proie, d'un animal blessé, déclara-t-elle. Ça m'a glacé les sangs.

Ah oui, fit-il perplexe alors que le vent vrombissait aux fenêtres, que des branchages valdinguaient, que le plancher grinçait, qu'un siège de jardin raclait le sol.

Au moins dans son malheur, Michèle avait à boire. Elle n'avait rien mangé depuis qu'elle avait quitté la clinique mais ce n'était pas un problème. Elle ouvrit une bouteille d'eau d'un geste brutal et elle en but la moitié. Voilà où elle en était. Voilà où Luc l'avait conduite. Une clocharde réfugiée dans un garage obscur et sans chauffage. Toute sa fortune tenait dans un sac de toile qu'elle portait en bandoulière et dans lequel elle buta au cours de ses allées et venues pleines de rancœur, de souffrance, de déréliction. Le contenu se répandit sur le sol. Elle jura et tâtonna fébrilement dans l'obscurité afin de rassembler ses affaires, des tubes, des flacons, des mouchoirs de papier, un carnet, des crayons de couleurs, le Remington RM 380 et une trousse de beauté Swarovski décorée d'un cœur de satin grenat que Marc lui avait offerte.

Le Remington venait de son père, la seule chose qu'elle tenait de lui et qu'elle avait récupérée à sa mort, au cours d'un déménagement. En aucune manière il ne s'agissait d'un attachement sentimental, son père s'étant toujours montré beaucoup plus prompt à distribuer les gifles, les coups et les humiliations en tout genre. Et rien d'autre – il lui avait d'ailleurs flanqué un coup de poing sur la tête parce qu'elle ne rechargeait pas le pistolet assez vite un jour qu'il voulait lui apprendre à tirer et sa mère ne disait rien, sinon que la vie n'était pas un chemin couvert de pétales de fleurs, et elle soupirait en repoussant sa fille qui venait sécher ses larmes dans son tablier.

S'ouvrir les veines était une chose, se tirer une balle en était une autre, bien plus radicale, mais n'en conçut-elle aucun funeste projet, le Remington n'était cependant jamais loin. Comme son couteau suisse. Elle se redressa au moment où les phares d'une voiture éclairaient la façade et glissaient un ruban lumineux sous la porte du garage. Le moteur s'arrêta, des portières claquèrent dans le vent et elle reconnut la voix de Marc qui criait que c'était rare un vent comme ça par ici et une voix de femme lui répondait dépêche-toi d'ouvrir plutôt, sans doute la fameuse Iris, la mère de Paul, une blonde assez canon d'après ce que Michèle avait pu voir en ouvrant à peine et qui tenait son fils par la main de peur qu'il ne s'envole.

Elle fit la grimace. Tous ces types qui jouaient la comédie, songea-t-elle, c'était épouvantable, c'était effrayant.

Elle attendit qu'ils soient entrés pour sortir, un goût amer à la bouche. Après l'inconfort du garage – elle toussa, elle était fichue d'avoir attrapé froid –, on la poussait dehors, on l'envoyait se les geler dans la nuit tumultueuse, sans savoir où elle allait dormir. Elle se sentit terriblement seule à cet instant précis, peinant à garder l'équilibre au plus fort des rafales, sachant que pleurer ne servait à rien, pleurer de rage ne servait à rien. Elle s'abrita derrière un arbre pour s'attacher les cheveux. Malgré la canadienne, elle était transie.

Étonnamment, il y avait de la lumière chez Luc, une lumière un peu étrange, chaude, virevoltante. Elle n'avait pas eu l'intention de se confronter de nouveau à Luc qui l'avait brutalement rembarrée la veille, mais puisqu'elle était là et n'avait rien de mieux à faire, d'autant que la nuit risquait d'être longue, elle passa par-derrière, dans les buissons, afin de contourner la maison sans attirer l'attention et elle observa l'intérieur pour voir de quoi il retournait.

Elle ouvrit tout d'abord des yeux ronds en découvrant la profusion de bougies allumées, disséminées dans le salon, puis les écarquilla en cessant de respirer lorsqu'elle porta son regard sur le canapé qui lui tournait le dos mais sur lequel semblait se dérouler une affaire pas très catholique. Elle se crut frappée par la foudre – il n'y avait pourtant ni éclairs ni pluie ni tonnerre en dehors du vent déchaîné – mais elle se déplaça sur le côté, sachant déjà qu'elle allait en mourir, et elle regarda cette connasse d'Edith dans les bras de Luc occupée à sortir avec ses pieds une jambe de son pantalon, puis l'autre, tout en se tortillant comme une vermine pour atteindre la bouche de Luc qui bataillait avec le soutien-gorge.

Submergée, Michèle recula, chercha de la main un appui derrière elle. L'insupportable scène l'hypnotisait, la figeait dans un hurlement silencieux. Et maintenant ce baiser interminable qu'ils échangeaient en se pelotant comme des porcs. Elle en tomba sur les fesses et hurla de toutes ses forces avant de croiser les mains sur son estomac vide puis de vomir.

Entre deux hoquets, elle les vit monter à l'étage. La mort dans l'âme, elle finit par se relever et marcha vers la véranda. La porte de la maison était ouverte.

Malgré le vent cette fois, et bien qu'il n'eût pas faibli, on entendit quelques minutes plus tard, et sans risque d'erreur, un terrible coup de feu. Il faisait encore nuit mais quelques lueurs commencèrent à trembloter aux fenêtres.

Non, là, je ne peux pas

Non, là, je ne peux pas, déclara Luc à son éditrice. Edith rentre dans trois jours, elle va être naze. Je vais rester avec elle. Elle s'est farcie quelques patrouilles en profondeur, ces derniers temps, je ne te raconte pas. C'est tout un monde.

Enfin écoute, réfléchis, soupira Caroline. Remarque, je suis contente, ça se passe bien, je ne vais pas t'obliger. Mais je te le conseille.

Il se pencha pour attraper le cocktail bleu qu'elle lui avait commandé d'office. L'océan clapotait en contrebas, déroulait de longs rouleaux paisibles.

Pour être franc, j'en ai pas du tout envie, dit-il.

Oui, je sais. Mais je me suis dit que ça ne me coûtait rien de faire une énième tentative. Parce que le nombre de fois où j'ai essayé, je ne les compte plus.

Ce n'est pas du dédain de ma part. C'est juste un peu trop étrange. Et tu veux m'envoyer à des centaines de kilomètres de chez moi, avec des trains qui partent une fois sur deux, errer au milieu d'une foule quand il fait trente degrés à l'ombre. Tu veux ma mort.

Il la regarda par-dessus ses lunettes de soleil. Le métier d'éditeur n'était pas une sinécure. Néanmoins, elle ne semblait pas autrement affectée par la découverte des préférences sexuelles de Gilbert, son compagnon, qui entretenait une relation avec un homme.

Le type est plutôt sympa, avait-elle déclaré, mais tu peux imaginer que je n'y trouve pas mon compte.

Avec elle, parler entre les lignes était toujours réjouissant.

En clair, les ventes étaient assez foireuses mais les critiques étaient excellentes – il ne lisait pas les autres –, et cette combinaison lui convenait parfaitement. Elle enthousiasmait moins Caroline qui aurait sans doute préféré l'inverse.

Cette fin de journée était admirable. Si l'on oubliait une seconde ces derniers mois – et Dieu sait que la tâche était difficile car les brûlures étaient encore vives, pas qu'ici, partout, la planète entière en avait bavé et ce n'était pas fini –, on pouvait trouver que ce monde époustouflait par sa beauté et que c'était une chance d'y vivre. Il recommanda de cette boisson bleue qui allait bien avec les couleurs de sa chemisette hawaïenne.

Et ça lui a pris comme ça, tout d'un coup.

Tu me demandes ça, fit Caroline, je n'en sais fichtre rien. Bon, mais je ne suis pas fâchée contre lui, chacun fait ce qu'il veut. Mais Luc, dis-moi une chose, dis-le-moi franchement, je ne plaisante pas, est-ce que tu me trouves baisable, je ne te demande pas de me le prouver, je veux juste ton avis.

Que veux-tu que je te dise, oui tu l'es, évidemment. Je ne pense pas que le problème vienne de là. Il ne t'a pas quittée pour une autre femme, parfois c'est long d'apprendre qui l'on est vraiment.

Eh bien, il va avoir le temps d'y réfléchir. Je l'ai mis à la porte.

Je croyais que vous n'étiez pas fâchés.

Nous ne sommes pas fâchés.

En rentrant chez lui, il reçut un appel d'Edith. Il pensa que la communication était mauvaise alors qu'il s'agissait d'une tempête de sable. Elle était au beau milieu. Si bien qu'elle craignait que son retour ne soit retardé. Il était habitué. Les commandos réglaient souvent leurs montres mais ils n'étaient jamais à l'heure.

Chéri, je suis désolée.

Pas de soucis, tiens-moi au courant.

C'est dur. Il fait une chaleur d'enfer dans la journée. Il fait nuit, maintenant on gèle, on campe au bord d'une oasis mais le puits est à sec. J'en peux plus, je suis crevée.

Tiens bon. Ces contretemps sont monnaie courante, on le sait, on n'y peut rien. Le problème dans ce pays, c'est la logistique.

Depuis quand n'ai-je pas dormi dans un vrai lit, putain de bordel, grinça-t-elle.

Dis-moi, je t'entends renifler, est-ce que tu pleures.

Non, je suis fatiguée, je suis énervée. J'étais contente de rentrer.

On a tous des coups de blues, tu sais. Courage. On est tous logés à la même enseigne.

Georges, qui venait d'arriver et avait suivi la conversation, trouva que son fils y allait un peu fort avec Edith.

J'ai pas d'autre solution, se défaussa Luc. Tu la connais. On ne peut pas la convaincre avec des mots. Quand elle en aura assez de mordre la poussière, je pourrai peut-être la ramener à la raison.

Avec le sourire, Georges posa les provisions sur la table de la cuisine.

Mais de quelle raison parles-tu au juste, demanda Georges sur un ton amusé.

Luc ne répondit pas, l'ignora et emporta les sushis sur la véranda. Georges le rejoignit avec les gin-tonics.

Ça fait des mois qu'elle n'arrête pas, déclara Luc, c'est mission après mission, et je ne dis plus rien, j'attends qu'elle ouvre les yeux d'elle-même. Et je ne désespère pas, je viens encore d'en avoir la preuve. Elle se met à chialer au téléphone parce qu'elle mange du sable et qu'elle en a marre. C'est ça, revenir à la raison. Quand je vois ce qu'ils font d'une fille comme elle, c'est du gâchis.

Chaque fois qu'il exprimait ce genre de remarque, il prenait conscience que s'éveillait puis se renforçait un nouveau sentiment en lui. Un sentiment étrange. Encore sous cellophane. Qu'il n'avait éprouvé avec aucune autre femme, ni avec personne d'autre. Ça l'énervait. Et ne rien pouvoir y faire l'énervait encore plus.

Ils se resservirent à boire et avalèrent quelques sushis tandis que le soir tombait accompagné d'une poignée de lucioles portées par un vent tiède.

Et ils se sont calmés, hier, demanda Georges en indiquant la maison de Marc.

Alors oui, je suis resté un moment avec lui, Iris était couchée, puis je suis rentré. Vous étiez tous partis.

Je n'ai jamais vu un couple aussi mal assorti, fit Georges en secouant la tête. On voit bien que ça ne peut pas coller entre les deux. Remarque, ta mère et moi ne valions pas mieux, je ferais mieux de me taire.

Sur ces mots, il termina son verre, guettant du coin de l'œil une réaction de son fils dont la mine s'était manifestement assombrie.

Le problème avec les regrets, c'est qu'ils sont sans fin, soupira Georges. Tu es pris dans les mailles du filet. Je te dis ça, c'est le genre de choses qu'un père est censé dire à son gamin. Pour lui éviter des surprises plus tard.

Je n'ai pas ce genre de regrets dont tu parles, du genre à laisser des marques indélébiles, des choses dont on ne se remet pas.

Je l'espère bien, mon vieux, tant mieux pour toi. Maintenant il faut faire en sorte de pas s'en créer de nouveaux, des regrets. Et plus on vieillit, plus ça devient difficile. On faiblit.

Il n'était pas tard, le ciel au-dessus de l'océan était encore violacé, avec des zébrures d'un bleu lilas.

Ah, reprit Georges, et je voulais te dire, hier, avant qu'on ait droit au spectacle des deux autres, bon, il n'y a rien de nouveau, ce n'est pas très brillant, mais figure-toi qu'elle s'est mise à peindre et c'est pas mal du tout.

C'est pas très gai. C'est même assez épouvantable.

C'est mieux que rien.

Georges se penchait pour se resservir un verre quand ils entendirent une voiture qui remontait l'allée. Iris dans sa décapotable qui se garait en bas et leur faisait signe de la main. Au moins elle est seule, se dirent-ils tandis qu'elle venait droit sur eux.

Luc, et vous, Georges, mon Dieu, vous êtes là, mais j'ai tellement honte, fit-elle en baissant la tête. C'est une telle humiliation pour moi. Il paraît qu'on a dû nous séparer, mais comment est-ce possible. Nous avions trop bu sans doute, mais à ce point-là. C'est très gênant.

Tu plaisantes, répondit Luc. On était entre amis. Marc ne supporte pas l'alcool. Assieds-toi.

Oh, il est odieux quand il est ivre. Il n'était pas comme ça, avant. C'est cette fille, là, c'est cette toquée. Elle lui a tourné la tête. Enfin voilà, je suis désolée, désolée, désolée, pour hier. Je ne sais même plus comment les choses ont commencé. En tout cas, je n'ai jamais joué dans un porno, que ce soit bien clair. Mais quel salaud. J'ai fait quelques photos pour une marque de maillot de bain. Mais quel salaud, n'est-ce pas, fit-elle en se tournant vers Georges qui secouait la tête.

Ah Iris, fit Luc, à propos de ce verre pour le retour d'Edith.

Il n'eut pas l'occasion de poursuivre car Iris lui coupa la parole.

Oh, tu as raison. C'est dur mais tu as raison, se lamenta-t-elle. Cela nous apprendra à savoir nous tenir.

Iris, arrête, écoute-moi. Edith vient de m'appeler, elle est bloquée dans une tempête de sable. On repousse d'un jour ou deux. Elle avait l'air à cran. Et ne t'inquiète pas pour hier, ça va, tout le monde aura oublié. Depuis qu'elle m'a appelé, j'ai l'impression d'avoir du sable dans la bouche.

Ah, tu vois, fit son père.

Luc lui répondit d'un simple regard, puis il se tourna vers Iris et lui tendit un papier qu'il venait de tirer de sa poche. Tu peux donner ça à Marc, s'il te plaît. C'est les numéros pour la tombola. Sinon, je passerai demain pour voir comment on fait avec le saumon.

Il est doué pour tous ces jeux auxquels je ne comprends rien, soupira-t-elle en empochant la note. Il a encore été classé dans un tournoi la semaine dernière. Du fond de son canapé.

Oui, il se débrouille bien. Il a du flair. Au poker, il est impressionnant. Mais avec les chevaux aussi, je dirais. Je ne vais pas m'en plaindre.

D'un sourire, elle remercia Georges qui lui servait un verre de vin blanc.

Parfois je me pose la question, fit-elle avec un haussement d'épaules, j'ai l'impression de vivre avec un adolescent. Il est tout le temps en baskets, d'ailleurs.

Je ne connais pas de meilleur moyen pour attraper des champignons, déclara Georges.

Pour finir, ils décidèrent qu'un dernier bain ne leur ferait pas de mal avec ce temps idéal, ce ciel étoilé. Iris courut chercher son maillot de bain tandis que le père et le fils se changeaient, emportaient des serviettes. Luc attrapa sa canne avant de sortir et ils empruntèrent le chemin qui menait à la plage en passant derrière chez Marc et traversait une partie de la pinède.

L'océan était noir, lisse et silencieux. L'endroit était désert. Ils déplièrent leurs serviettes.

Iris fixa un instant la cicatrice de Luc puis détourna les yeux. Elle avait encore en mémoire le soir de son arrivée avec Paul, le vent furieux, les gyrophares de la police, l'ambulance qui embarquait Luc avec ses sirènes.

À l'époque, j'ai cru qu'il ne passerait pas Noël, déclara Georges cependant que Luc mettait les pieds dans l'eau et plongeait en laissant une petite tache blanchâtre dans l'encre noire. J'ai vraiment eu la frousse, maintenant je te le dis.

Luc réapparut un peu plus loin, entama quelques brasses puis se mit à faire la planche au clair de lune. En fait, reprit Georges, Edith ne supporte pas qu'il se soit sacrifié pour elle. J'ai peur que ça fausse mon jugement, m'a-t-elle dit.

Il se leva. Ça ne donne pas très envie d'avoir une belle-fille, si c'est ça. Et en passant, c'est tout de même incroyable que tu ne fasses toujours pas le moindre effort pour me tutoyer.

Je dis vous mais je pense tu.

Ah, bon.

Le lendemain matin

Le lendemain matin, Luc se réveilla en forme. Grâce au bain de la veille, il avait dormi d'une traite et se sentait l'esprit clair. L'imminence du retour d'Edith n'y était pas non plus pour rien, d'autant que s'y mêlait cette fois un zeste d'inquiétude supplémentaire en raison de la météo.

Mais elle le rassura très vite. Un avion de transport de troupes venait d'atterrir pour les embarquer. La tempête n'avait pas diminué. Ils attendaient le bon moment pour décoller et ils devaient se tenir prêts.

Au plus tard, je serai là en début de soirée, déclara-t-elle, mais j'espère avant. Ça fera trois bonnes semaines, ça m'a paru sans fin. Ici, le jour se lève à peine et je n'ai pas dormi de la nuit. Je suis sur le tarmac, je meurs de froid, tu m'entends claquer des dents, mais dans une heure, on va mourir de chaud. Je n'y reviendrai pas pour des vacances.

Sous le ton badin perçait la fatigue. Méchamment, il pensa que c'était tout ce qu'il attendait. Et ce n'était pas tant la fatigue que la lassitude qu'il percevait dans sa voix pendant que le vent ronflait dans son dos. C'était ça, le retour à la raison.

Envoie-moi l'heure précise de ton arrivée. Que je ne m'y prenne pas au dernier moment avec la capote. Hé, je crois pouvoir encore tenir quelques heures, mais pas plus, tu m'as manqué.

Il passa quelques appels dans la foulée pour avertir qu'Edith rentrait ce soir mais que le bar serait ouvert avant le coucher du soleil. Puis il décida de ne pas attendre les heures chaudes pour se mettre au travail. Il commença par transporter quelques sièges du garage jusqu'à la véranda, puis des coussins, puis des tréteaux, puis un panneau de bois qu'il suffirait de recouvrir d'une nappe. Il grimpa sur un escabeau et accrocha une guirlande lumineuse. Il rangea la cuisine, nettoya le frigo, changea les draps. Il termina de passer l'aspirateur et se redressa.

Certes, il y avait cette histoire qui courait qu'il s'était jeté devant Edith au moment où Michèle allait tirer sur elle, mais cet épisode n'avait duré qu'une fraction de seconde et n'apportait rien de nouveau pour lui. Il avait bondi sans réfléchir puis tout était devenu noir. Ça ne prouvait rien, ça ne valait même pas une médaille en fer-blanc.

Il pensait d'ailleurs à se remettre à un roman pour s'occuper de choses moins sérieuses. Ne plus pouvoir tirer à l'arc lui pesait. Il avait retrouvé une vie normale depuis quelques mois, mais il ne pourrait plus s'entraîner pendant un bon moment et il marchait avec une canne dès qu'il mettait un pied dehors en raison d'un nerf qui se tordait dans sa cuisse. Mais ça aurait pu être pire. Il vérifia qu'il n'avait pas de message et s'en alla sonner chez Marc pour savoir si c'était bien aujourd'hui vers dix-huit heures, son plan pour le saumon fumé.

De la main, il salua Iris qui tournait en rond dans le jardin avec son téléphone à l'oreille. Paul passait d'une pièce à l'autre à cheval sur son tracteur électrique. Je dois pas boire d'alcool fort, c'est quand même pas compliqué, fit Marc en s'installant à son bureau. Elle le sait très bien. Je me demande si elle ne le fait pas exprès.

Il sortit une épaisse enveloppe de son bureau et la tendit à Luc. Chaque fois que son fils passait devant lui en cognant les meubles, Marc lui demandait d'arrêter. J'oublie les chevaux pendant l'été, j'arrive à rien, expliqua-t-il à Luc, il faudra se serrer un peu la ceinture.

Ça ira. J'ai resigné pour un nouveau bouquin avec Caroline. Parfois, j'ai l'impression d'être sous perfusion. En tout cas, je compte sur toi pour le saumon, tu m'enlèves une sacrée épine du pied. Mais ce n'est pas une fête, c'est juste entre nous, le temps qu'elle pose ses valises.

Marc gara ses pieds pendant que son fils repassait à fond de train.

Je vois que tu es content, dit-il à Luc.

Il cligna des yeux dans la lumière en sortant de chez Marc. Il fit un pas de côté pour se mettre à l'ombre d'un parasol et il prit l'appel d'Edith qui avait finalement décollé et zigzaguait dans le ciel sombre au milieu des trous d'air et des embardées du Transall. Ça secoue à mort, déclara-t-elle. On a bouclé nos parachutes. Ne dis rien, il n'y a rien à dire. Au moins on a réussi à s'arracher. Je te rappelle quand j'ai du nouveau.

Déconcerté, Luc raccrocha et profita un instant du siège sous le parasol. Au loin, l'océan calme miroitait, la forêt était verte et le ciel bleu, des gens se promenaient, des chiens couraient après leur queue. Il secoua la tête.

Il rentra et se servit une bière. Il avait encore dans les oreilles le brouhaha qui régnait dans l'avion, les grognements, les imprécations, les grincements de la carlingue.

Il attrapa un roman pour se changer les idées mais il ne parvint pas à se concentrer. Ce n'était pas la première fois qu'il se faisait un sang d'encre à cause d'Edith. Elle avait pourtant connu pire qu'une tempête de sable et des turbulences, mais cette fois c'était différent. Plutôt que l'inquiétude et la colère, c'était une sorte de tristesse qui s'emparait de lui. Il ne faisait pas encore de rêves où les choses lui échappaient des mains, mais ça n'allait pas tarder.

Il se sentait encore crispé lorsque Georges arriva et l'interrogea sur sa mine défaite – que Luc mit aussitôt et totalement sur le compte de la tragédie qui se déroulait dans le ciel. Il craignait le pire. Edith ne répondait plus. Rien ne filtrait du côté des militaires.

Puis Marc arriva avec le saumon fumé et, une fois mis au parfum, il se rangea du côté de Georges pour estimer qu'on n'envoyait pas un Transall en pleine tempête sans respecter les règles de sécurité. Ça n'empêche pas que ça puisse remuer, bien sûr. Mais ces engins-là, ils ont des moteurs Rolls-Royce, je crois qu'on peut s'y fier.

Iris avait un ruban dans les cheveux. Moi, je suis fascinée par le métier qu'elle fait, déclara-t-elle en se servant un verre. Le soir commençait à tomber. Luc n'entendait même plus la moitié de ce qu'on lui disait quand son téléphone sonna.

Edith avait atterri. Il serra les dents pour contenir le soupir soulagé qui lui brûlait les lèvres.

Ce n'était pas la bonne heure pour la circulation. Caroline avait éprouvé les mêmes embarras à l'autre bout de la ville un peu plus tôt avant de les rejoindre et elle tenait Luc par le bras lorsque Edith avait enfin donné de ses nouvelles.

Je ne pensais pas qu'ils trouveraient le moyen de revivre ensemble, confia-t-elle à Georges, tandis que Luc prenait la route.

Les circonstances les ont aidés, objecta-t-il. On y serait encore, sinon. Entre réfléchir et faire n'importe quoi, le choix n'est pas simple. Et pas toujours évident. Enfin tu le connais, dans le genre avare de confidences, on fait pas mieux. Mais il m'a dit une chose la nuit dernière en sortant de l'eau. Au lieu de s'asseoir, il est resté debout, il a tourné la tête de droite à gauche alors qu'il n'y avait que la nuit noire et il a dit putain, le temps file sacrément vite. Et là, ouf, ça m'a rassuré.

Marc regarda sa montre et se leva pour se resservir. Il fit signe à Iris que ce n'était que le deuxième et il attaqua le saumon fumé.

Luc regarda l'heure, lui aussi. Caroline l'avait prévenu que la circulation était difficile et elle n'avait pas menti. Il appela Edith pour l'avertir qu'il était en chemin et qu'il roulait au pas.

Je vais essayer de m'arranger un peu, dit-elle. Je me sens sale. Il ne devrait pas y avoir foule dans les toilettes des dames. Ne traîne pas.

Il raccrocha et enfonça son klaxon durant plusieurs secondes sans le moindre résultat en dehors de quelques doigts d'honneur.

Et elle revient d'où, cette fois, demanda Caroline, mais personne ne fut vraiment capable de lui répondre et cela les amusa et les inquiéta en même temps. On manquait d'attention les uns pour les autres. On survolait. Quelqu'un fit circuler le saumon. Moi, ça me fait bien rire, le saumon bio, déclara Iris qui revenait de la cuisine avec du film alimentaire.

Luc pila devant l'entrée de l'aérodrome. Edith était là, avec son paquetage et son baluchon. Des militaires qui s'engouffraient dans un bus sifflèrent en la voyant grimper dans la décapotable. Luc rangea ses affaires sur la banquette arrière, puis il la serra brièvement dans ses bras avant de redémarrer car il gênait le passage.

Il lui attrapa la main tout en conduisant et la plaqua contre sa joue avant de reprendre le périphérique. Elle n'avait pas l'air d'aller très fort.

Comme il s'en inquiétait, sans quitter d'un œil maussade le ralentissement qui se produisait un peu plus loin, elle lui confirma que ces dernières semaines avaient été éprouvantes, mais aussi que c'était un tout.

Il secoua longuement la tête. En dehors de ces instants flippants que tu m'as fait vivre avec tes histoires d'avion, déclara-t-il, je me sens étrangement bien depuis ce matin, je ne me pose plus de questions, je ne sais pas ce qu'il y a. Si tu veux, on peut partir en voyage, on peut même se marier, pourquoi pas.

Il l'observa à la dérobée pour connaître sa réaction. Elle ne bougeait pas d'un cil, regardait droit devant elle en tortillant un bouton de sa chemise.

Luc, gare-toi s'il te plaît, finit-elle par lâcher dans un souffle.

Quoi, sur la bande d'arrêt d'urgence.

Voyant bien qu'elle ne le répéterait pas, il mit son clignotant et elle lui sauta au cou.

Table

Du même auteur (suite)

Récit

Ardoise, Julliard, 2001.

Théâtre

Lui, l'Arche, 2008.

Nouvelles

50 contre 1, B.F.B., 1981.
Crocodiles, Bernard Barrault, 1989 ; J'ai lu n° 2785.
Lorsque Lou, avec Miles Hyman, Gallimard/Futuropolis, 1992.
Contes de Noël, avec Gilles Vidal et Daniel Pasquereau, Méréal, 1996.
Bram Van Velde & Philippe Djian : XXe siècle, Flohic, 1993.
Mise en bouche, Gallimard, 2008.
La Fin du monde : reloaded, avec Marie Darrieussecq et Horst Haack, Alternatives, 2010.
Un écrivain à Shanghai, revue *Long Cours* n° 5, 2013.
La Crème de la crème, Mondadori Magazines France, 2015.

Bandes dessinées

Mise en bouche, avec Jean-Philippe Peyraud, Futuropolis, 2008.
Lui, avec Jean-Philippe Peyraud, Futuropolis, 2010.

Imprimé en France par CPI
en août 2021

Cet ouvrage a été mis en pages par
<pixellence>

Dépôt légal : août 2021
N° d'édition : L.01ELJN000877.A002
N° d'impression : 165821